2021 "田工杯"

清廉微小说全国征文大奖赛获奖作品集

中国微型小说学会
《作家文摘》报社
常德市武陵区文联
编

九州出版社
JIUZHOUPRESS

图书在版编目（CIP）数据

2021"田工杯"清廉微小说全国征文大奖赛获奖作品集 / 中国微型小说学会，《作家文摘》报社，常德市武陵区文联编. -- 北京 ：九州出版社，2023.1
ISBN 978-7-5225-1016-3

Ⅰ . ① 2… Ⅱ . ① 中… ② 作… ③ 常… Ⅲ . ① 小小说－小说集－中国－当代 Ⅳ . ①I247.82

中国版本图书馆 CIP 数据核字（2022）第 110058 号

2021"田工杯"清廉微小说全国征文大奖赛获奖作品集

作　　者	中国微型小说学会　《作家文摘》报社	
	常德市武陵区文联　编	
责任编辑	刘嘉	
出版发行	九州出版社	
地　　址	北京市西城区阜外大街甲 35 号（100037）	
发行电话	（010）68992190/3/5/6	
网　　址	www. jiuzhoupress.com	
印　　刷	成都市兴雅致印务有限责任公司	
开　　本	880 毫米 ×1230 毫米　32 开	
印　　张	7	
字　　数	150 千字	
版　　次	2023 年 1 月第 1 版	
印　　次	2023 年 1 月第 1 次印刷	
书　　号	ISBN 978-7-5225-1016-3	
定　　价	68.00 元	

序

清廉，精神富裕的重要构成

中国作家协会社联部主任　李晓东

习近平总书记在十九届中央纪委第六次全体会议上发表重要讲话指出，"落实关于加强新时代廉洁文化建设的意见，从思想上固本培元，提高党性觉悟，增强拒腐防变能力"。要实现不敢腐、不能腐、不想腐一体推进的战略目标，从思想上筑牢拒腐防变和抵御风险的能力，文化包括文学的作用非常重要。微小说作为既有文学性又有新闻性，介入生活、反映现实及时生动，深受广大群众喜爱的文学形式，在倡导廉洁文化、弘扬清廉社会风气、树立廉洁从政美好形象等方面，都发挥着独特的作用。

已举办三届的"田工杯"清廉微小说全国征文，就很好地发挥了这一作用，在全国兴起写廉洁微小说、读廉洁微小说的热潮，精短而富有内涵的文字使清廉思想入脑入心，成为人们精神生活的重要组成部分，弘扬真善美、针砭假恶丑，增强人民精神力量。

2021 年度的"田工杯"同样如此。而且，由于是中国文联第十一次、中国作协第十次全国代表大会召开之年，2021 年"田工杯"的来稿质量、获奖作品质量等，都有明显提升。在微小说领域深耕多年的知名微小说作家，如伍中正、马河静、侯发山、赵明宇等，都提交了自己的作品。而获唯一一个特等奖的《一轮明月》的作者崔立，写作微小说的时间并不长，且在上海虹桥开发区管委会工作，非常繁忙。在有限的业余时间，联系一线工作实际和其中所思所悟，以微小说形态表现之。

《一轮明月》以一席师生宴，引出了跨度三十年的往事和今天的事，设置了三个有迷惑性的情节。许凯上学时常和人打架，商人许凯找已当局长的同学周其要揽工程，吃完饭发现有人已提前买单。归根到底，是要说明一个问题，一名领导干部清廉与否，自身修养固然重要，身边的老师、同学等是"助廉"还是"助贪"，同样不可小视。营造清廉的社会环境，需要所有人共同努力。

习近平新时代中国特色社会主义思想是马克思主义普遍原理同中国具体实际相结合、同中国优秀传统文化相结合的时代产物。而"清廉"从来就是中华优秀传统文化的重要内容。宋代大儒、理学始祖周敦颐赞扬"出淤泥而不染，濯清涟而不妖，中通外直，不蔓不枝，香远益清，亭亭净植，可远观而不可亵玩焉"的"花之君子"莲花，盖"青莲"谐音"清廉"也。而清官故事，历代传扬、为人敬仰，是"中国故事"中最可洗涤心灵、增强精神的部分。伍中正的微小说《沈自远》在优秀传统文化中寻觅清廉文化的当代表现。"少昂头多躬身但把黎民尊父母，勤洗脸常照镜不教乌帽染泥尘"，是两位乡村贤士互勉互励的对联，每年都写、内容一样，贴在门户，一贴一年，"又把新桃换旧符"，含义依然。其中蕴含的，是党的十八大以来"为民、务实、清廉"主题教育活动的主体要求。

2021年是中国共产党成立一百周年。7月1日，我在天安门广场亲耳聆听了习近平总书记的重要讲话，深切感受到党百年奋斗的伟大与荣光。而"坚持真理"，是作为中国共产党精神之源的伟大建党精神第一位的内涵。中国共产党百年奋斗与成功的基础，就是追求真理、求真务实、实事求是。青年微小说作家赵明宇曾凭《父亲的证明》荣获"茅台杯"《小说选刊》奖微小说奖，这次入选的《老假》，以假寓真，因假更真，让人感动感怀，更有所悟。志愿军战斗英雄老贾，在战场上伤了左眼、断了小腿，装了假眼假肢，被人起绰号"老假"，但他的心永远是真的、红的。虽遭磨难而忠诚之心不改，实权在握时，敢于坚持原则、不徇私情，"一身假货，但是我这个党员不是假的，也从来不说假话，更不能造假"。反腐倡廉、永葆先进性和纯洁性，是中国共产党一贯的追求，也是取得百年辉煌的根本原因之一。

"比兴"是自《诗经》以来，中国诗歌常用的表现手法，扩而广之，其他文学体裁也托物言志、取譬连类，借物喻事警人，微小说鼻祖中国古代寓言即多取此法。当代微小说写作中，比喻常被运用，提升了艺术水准，达到以小见大、言近旨远的效果。

荣获二等奖的侯发山微小说《逮麻雀》即为此中精品。父亲以雪天逮麻雀为例，告诉刚当局长的儿子，贪心就会被捉，落入牢笼，亲人也跟着担惊受怕伤心。写出因腐败被捕对亲人造成的伤害，是这篇微小说的出色之处，明确了反腐败对于稳定家庭的重要作用。大多数领导干部之所以腐败，一个最根本的原因是为家人牟利，实际效果却正好相反，是给家人带来深重烦恼和心理、经济上的负担。生活为艺术取之不尽用之不竭的唯一源泉，作家生长在农村，有丰富的农村生活，包括捕麻雀的经验，作品因之具有灵动的生活气息。

习近平总书记在中国文联十一大、中国作协十大开幕式上发表重要讲话强调，文艺工作者要"努力以高尚的操守和文质兼美的作品，为历史存正气、为世人弘美德、为自身留清名"，历届"田工杯"清廉微小说全国征文的获奖作品，正落实了这一根本要求。作品弘扬正气为先、美德为本、清名为要的清廉文化，使清廉思想成为人灵魂深入的根本构成，并由之实现精神的高尚、满足和富裕。共同富裕，不仅包括物质上的共同富裕，精神共同富裕同样是重要内容。清廉，使人一身正气、百毒不侵，具有强大的精神力量和人格自信，足以支撑富裕的精神生活。

目录

CONTENTS

特等奖

一等奖

二等奖

三等奖

优秀奖

附 录

特等奖

一轮明月

⊙ 崔　立

　　周其坐在位子上，脸色有点不好，该表露的不该表露的他心里有底，可有底又不能完全表露，这不由让他的心情有点更为难言。

　　许凯端着倒得满满的酒杯过来了，脸上带着笑，说："老同学，你是真的难请呀，今天我就不叫你周局长了，咱王老师和各位同学都在，再大你也大不过王老师，对吧？"

　　王老师脸上也是笑意盈盈，鬓发大半斑白，记得教他们初一时，王老师一头的黑发，男同学女同学都说老师的这头发是标准的黑，真叫人羡慕呀。可临到初三那年，王老师真的是为他们操碎了心呀，操心最多的无非是两个人——周其和许凯。

周其是家里有变故，父亲出车祸没了，母亲病倒在床上，周其去敲了王老师办公室的门，说："王老师，这书我不读了。"王老师说："不行，你必须要读下去，你不读你将来能做什么？！"王老师说得斩钉截铁。为此，那段日子，王老师几乎天天往周其家里跑，劝周其的妈妈和他的爷爷奶奶，"孩子这块你们不用操心，有我呢，书必须要读下去，不然你们真就害了孩子！"可以说，周其后来继续读高中，乃至考上大学，再到现在做局长，没有王老师当时的坚持，都是不可能的！

再说许凯，许凯是逃学，不仅逃学，还和社会上一群不好的人混在一起，到处去打架。有一次，好几个社会上的人跑到学校里来找许凯的麻烦，许凯一言不合就和他们打了起来，造成了非常不好的影响。学校决定要把许凯开除。王老师亲自去求校长，求了一个多礼拜，还拍着胸脯保证，说："许凯这孩子一定能改好，如果他改不好，我这个班主任也不当了！"校长只好同意了，但也给了许凯一个留校察看的处分。亏了有王老师许凯后来才有机会考上大学，现在也开了公司，做起了老总。

看着许凯杯中的酒，周其只是淡淡地微笑，说："我酒量浅，意思意思好吧？"许凯说："不能不能啊，王老师在这里呢。"王老师听到了声音，说："周其，你喝完吧，今天高兴。"王老师这么说话了，周其点点头，一仰脖，杯中酒一饮而尽。许凯拍着手，说："还是咱王老师说的有用呢！"

说起来，这也是一堂庆功宴。庆功宴的主角是王老师，更是许凯。许凯给学校捐了一大笔钱，将学校的设备全部换新的。许凯是以王老师的名义捐的钱，并且也以捐钱的契机，请王老师和同学们一起吃个饭，毕竟也这么多年没聚过了。叫周其来赴宴，也是许凯以王老师的名义请的。许凯知道，王老师要请周其，周其一定会来的。

这杯酒喝完了，周其径直走了出去。

前不久，许凯去了周其的办公室。关上门，许凯笑了，说："老同学，好多年不见了，你们局里今年的几个大项目，给我做吧，我不会亏待你。"周其摇摇头，说："抱歉，这个我帮不了你。"

收款台前，周其对女服务生说，1号包间买单。女服务生查了一下，说："已经买过了。"周其心头一紧。身后有个声音说："我知道你会来买单。"

说话的是王老师。王老师笑眯眯地说："放心吧，我买的单。"周其说："王老师，对不起。"王老师说："我很欣慰，这么多年你一直没变。我记得有一次你捡到钱交给我，急得不得了，非要马上找到失主不可。你不像是捡了钱倒像是偷了钱一样紧张。这些年你做局长，传闻我也听到许多，刚正不阿，清廉如水。上次许凯找你，其实也是我故意安排，试探你的。放心吧，许凯是个好企业家，我也验证过了，不然他捐的这个钱学校也不敢收。今天我也是想以老师的身份和你说，要保持，也要坚持，不要给自己抹黑、丢脸。"

王老师一直把周其送到了门口。门外，夜色已经上来了，高高的天上有一轮皎洁的明月，照耀着整个大地。周其缓缓地走出几步，又转身，朝王老师深深地鞠了个躬。

一等奖

沈自远

⊙ 伍中正

沈自远，字云臣，沈家庄人。

沈自远自幼习字。欧、颜、柳、赵，四体均练。他有时以水当墨，以沙为纸。每一个字，在他笔下，有风骨，也有柔情。

沈家庄小学有一老师，名李开善，外地人，琴棋书画皆精。沈自远在小学念书时，李老师教过他一个月语文，也教了他一个月书法。

庄里人见了沈自远的字，都说他的字超过李开善。

沈自远笑笑，说："李老师的字永远都在自远之上。"这话传到李开善耳里，李开善很感动。

沈自远字好，却从不卖字。庄里人哪家结婚办喜事，求沈自远写婚联。沈自远都答应。写之前，沈自远会问，喜欢哪种字体的婚联。主人说颜体，他就写颜体；主人说写赵体，他就写赵体。

沈自远二十五岁那年，庄里程慧知喜欢上他。沈自远问："喜欢哪儿？"

"先喜欢你的字，再喜欢你的人。"程慧知的回答，沈自远觉得满意。

"以后，喜欢人就和人睡，喜欢字就和字睡。"沈自远说。

程慧知一听，脸上的笑绽开来。

沈自远的字好，庄里干部很喜欢。很多工作要发动，就要书写宣传标语，庄里干部要他写标语。

起初，沈自远不愿意。程慧知劝他，"庄里不让你白写，在哪儿写不是写？"

写！沈自远没有拒绝。有用墨水写的，也有用石灰水写的；墙壁上写，门板上写，电杆上写，甚至连田埂上也写，宣传标语写得满眼都是。

后来，庄里的宣传标语包给一家广告公司去做去写。广告公司每回做的标语，都是在红布上喷一些白色的字。

沈自远看见，没有生气。

庄里人看过那些字后，认为没有沈自远的好。

沈自远一直给一个人写字，那人是庄里的会计白汉生，理由是白汉生懂书法、懂字。

沈自远跟白汉生对门对户住着，中间隔一条水渠，还隔几块平整的田。沈自远家的鸡叫，白汉生听得见，白汉生家的狗吠，沈自远也能听见。

　　每年，沈自远送他一幅字，说白了就是送一副对联。

　　白汉生很看重。每次送完对联，沈自远就让白汉生拉着进屋喝酒，他总是推辞。

　　有一年，沈自远用颜体给他写了一副联。对联是这样写的：

> 少昂头多躬身但把黎民尊父母
>
> 勤洗脸常照镜不教乌帽染泥尘

　　对联一贴，白汉生感激不尽，从屋里拿出一包烟，递给沈自远。沈自远摆摆手，坚持没要。

　　第二年，沈自远被白汉生拉住。白汉生说："就照去年的对联，再用赵体写一遍。"

　　沈自远欣然同意。

　　又一年，沈自远又被白汉生拉住。白汉生说："就照去年的对联，再用柳体写一遍。"

　　沈自远欣然同意。

　　有一年，镇长在沈家庄检查工作，白汉生陪着。走过白汉生家门前，镇长停下来，仔细品味对联。

　　镇长走之前，问："你家的对联谁写的？"

　　白汉生说："是庄里的一位书法家写的，叫沈自远。"

　　镇长点了点头。

　　一个月后，沈自远在白汉生家聊天。白汉生说："镇长让你为镇里干部写对联。"

　　"有这事？"沈自远疑问。

　　"有这事！"白汉生说。

"有这事也不写。"沈自远态度坚决。

白汉生卸任，账目移交，清清白白的。

后来，沈自远跟白汉生聊天。

"要不是你那副对联提醒，我就走了歪路。"白汉生说。

"其实我不懂书法，但是懂那副对联的意思。"白汉生还说。

沈自远盯着白汉生，然后伸出手，白汉生也把手伸过来，两双手，紧紧地握在一起。

四十七岁那年，沈自远中风，住进了医院。

出院后，沈自远说话有点吐字不清，手也不听使唤，再不写字。

禾场空旷。晚秋的太阳明亮，沈自远坐在禾场上。

白汉生那天过来，提了一个木箱。白汉生慢慢打开箱子，慢慢拿出里面的东西，轻轻展开来。

沈自远一看，是自己多年来写的不同字体的对联。

沈自远朝着白汉生笑，样子有点傻。

"白汉生，你真懂我，跟程慧知一样懂我。"沈自远说。那话在空旷的禾场上传开。

三十年后，沈家庄修志。坚持要把沈自远写进志书的是白汉生。志书中的书法艺术人才篇，就一个人，那人是沈自远。收录的作品是欧、颜、柳、赵四种书体分别写就的一副对联：

少昂头多躬身但把黎民尊父母

勤洗脸常照镜不教乌帽染泥尘

舒　坦

⊙　马河静

　　我开着车往家回，突然觉得肚子不舒服，吃啥不好的东西了？不会的，同学请我吃的是海鲜啊。

　　这时手机响了，正是同学吴本义："老同学，刚才没告诉你，听说你女儿出国深造，手头又紧，给你十万块钱，放在你车后座上。"我一听火了："同学之间喝场酒也就罢了，我怎么能收你的钱？！"本义说："这不叫收钱，这叫互相帮助。以后再有啥工程多给一个就行了。"

　　"不行，这钱我坚决不能要！"

　　"这样吧，这钱权当是我借给你的。"说罢，他把电话挂了。

　　我也真需要钱。既然同学说借的，也算解了燃眉之急。

　　可这钱——思想一溜号，汽车差点掉到沟壑里。心一惊，只觉得一阵内急，我赶紧减速把车往道边靠。这个地方有个厕所。我跑着就往厕所跑，只见一个老头从侧门出来，手拿着票本问我："大溲小溲？"我一听是山里口音，他们把"便"叫作"溲"。他说："大溲五毛，小溲三毛。"我说解大溲。他给我撕了一张条，我只顾解皮带往厕所里面冲。他大声吆喝："钱！先掏钱！"我进去跨上茅池，裤子刚扒下，稀溲就喷出来了，霎时一阵快意。

　　"舒坦了吧？"老头站在我面前说，"拉稀溲是吃了坏东西。有的东西看着好，说不定比溲还孬，吃了不一定好，还非得拉下来才舒坦。"

　　我不耐烦地嚷道："出去！"

　　"给钱。"老头伸着手，乞讨般地说。

　　"出去给你。"

　　"你跑了咋办？"

　　"五毛钱值得跑吗？"

　　"跑得多了，现在的人凑起裤子不认账。"

　　"哟，你这老头毫无道理，谁不认账？"

　　"要讲道理——厕所就是我的家，上面写着'收费'，你不经同意闯进我家，这不是……明抢吗？"

　　"扯蛋。你不嫌臭就在这里等。"

　　"我整天给屎尿打交道，其实屎尿不脏，比有的东西干净得多。"

　　"嘿！啥意思？我拉泡屎还用着你给我上政治课？"

　　"钱，掏钱。"老头不屈不挠地伸着手。

我肚子又一阵难受。可跟前戳着一个人，就是拉不下来。我说："我开着豪华车，会没有五毛钱？你出去把车轱辘卸了，看够不够五毛。"

"我不要车轱辘。我只要五毛。"

遇到这种人实在让我哭笑不得。我只好取钱，可翻遍所有口袋，只找到两个硬币。

"对不起，只有两毛。"

"两毛连小溲都不够，我咋给你撕票？"

"啥年月了，拉屎还撕个啥票？"

"老板就是凭票给我开工资的。"

"你这人咋恁死心眼，我不要票，两毛钱装你兜里不就行了？"

他脸一变："啥？你这不是让我贪污腐败吗！"

我哧地一笑："腐败？这俩小钱能叫贪污腐败？"

"便宜里面都有亏。你没见电视上说的人违反规定贪污了，就抓进监狱了。再说，这是不义之财呀，跟溲一样不干净。我花了心也不干净，要再抓进监狱，这小钱我也挣不到手了。"

他的话让我猛地一惊，肚子又开始翻江倒海，下面又一阵倾泻，吃进去的鱼鳖海怪什么的全都拉出来了。泄罢浑身轻松。我系上裤子说："大爷，你说得好。"

出了厕所，我从后座取出一捆钱——十万，边拆边说："我不是舍不得给你，这钱不是我的。这也是溲，是大溲，我得还给人家啊！"老头听了大惊失色："我的妈呀！我一辈子没见过这大的溲。你说是人家的，人家的就不要拆了，不然抽一张就说不清了。唉！活人哪能让尿憋死，对吧？我给你垫三毛。啥事弄清楚了，都舒坦。"

一堂朴素的政治课——啥叫舒坦，不沾"溲"就是最大的舒坦，沾上了"溲"拉出了也会舒坦！

我开车掉头，找同学舒坦去。

二

等

奖

呛人的烟气

⊙ 许心龙

　　父亲的第一缕烟气，是裹着儿子的墨香升腾的。因为，父亲人生的第一支烟卷，是用儿子书写的作业纸卷成的，纯手工造。

　　父亲没料到这二手烟，能熏染到儿子，甚至改变了儿子。

　　燃着烟卷，父亲右手递到厚厚的嘴唇边。那一刻，父亲突然有了一种自豪和神圣，一股男人的气魄顿时涌了上来。父亲用力抽了一口，发出一声长长的嗞吧声，仿佛虫儿的一声尖叫。接着，两柱蓝烟从父亲粗大的鼻孔里射出，有形有状，气势无比，瞬间弥漫开来，像两滴蓝墨水在水里洇开。父亲撮起嘴巴，猛地打开，又吐出一口蓝烟。这股蓝烟准确无误地喷在儿子的脸上，一股浓浓的苦辣烟草味，算是对儿子作业纸的奖赏。

儿子忙噗噗吹了几口气，还用小手扇了几下。烟气太呛人了，把儿子的眼泪呛了出来。"爹！你坏蛋！"儿子喊了一声，算是抗议。

从那以后儿子记着父亲抽烟会使坏，父亲抽烟时就是一个大坏蛋。

儿子参加工作后，总能从城里给父亲带回来几包中华烟，有硬盒，也有软盒。父亲也没多想，就禁不住在村人面前炫耀一番。

父亲的炫耀是有个性的，他把中华烟，采取倒包的方式，装进廉价烟的盒里。这样既含蓄、矜持，又欲扬先抑。村里人一品尝，口感不像劣质烟，没有劣质烟的苦、辣、躁，是真正的香烟了，就忙看烟上的字，"呀，大中华啊！"父亲就笑了。村人问父亲："儿子最近又回来了吧？"意思是这好烟是儿子从城里带回来的，绝不是父亲掏钱买的。有几个抽好烟、喝好酒的，自己掏腰包买呢？"出息了，这孩子！"村人不免夸赞几句。夸着夸着，父亲不由自主地又递去一支。谁知村人心细，一看烟上的标识，不乐意了，"这不是中华啊，你糊弄谁呀！"原来，父亲的劣质烟盒里盛的不尽是中华烟！

后来，出现了一个怪现象，村里抽烟的人大都尾随着父亲要烟，还过分地要成包的，嬉笑着说，反正又不是你买的，别怎小气。又随口说，一个人抽多了烟，会得病的。父亲心里一咯噔。父亲抽着烟，也感到了别样的味道。一盒中华烟得大半袋小麦钱，要是儿子买的，多心疼！要是别人送的，时间长了不把儿子惯坏了？他们给儿子送烟肯定有求于儿子，自己在家无功受禄，害了自己不说，还会害了儿子的。父亲隐隐感觉到这烟里的味道怪怪的，是复合型的，再也没有当初用儿子的作业纸卷着抽的那种味道了。

这烟，我得戒了！父亲暗下决心。事情得趁早挑明，世上没有卖后悔药的。

儿子回来是在黄昏时分。

没等儿子站稳，父亲就指了一下柜子上的七八盒红红的中华烟。

"您慢慢抽呗。"

"一个人抽多了烟，会得病的。"父亲悠悠地说，"我戒烟了。"

父亲望着愣怔的儿子，好像很陌生。父亲心里很惭愧，二手烟要是害了儿子，说啥都晚了啊。

儿子笑着说："爹您多想了，这几包烟是朋友给的，又不是受贿。"

"朋友给的你也不能乱要！"父亲断然说。

父亲从柜子上拿起两包烟，示意儿子一块到庭院里。

没料到父亲把两包香烟一包一包地拆开，几十支白花花的烟滑出精致的烟盒，不情愿地散落在父亲脚前。父亲蹲下去，打着火机，说："吸烟有害健康，烟盒上印的都有。"父亲说着，一根一根地把地上的几十支香烟全燃着了。地上红红的烟头像天空的星星一闪一闪，又像人的眼睛一眨一眨，有话要说，却没发出任何声音。庭院里弥漫着烟草的味道，浓烈，香艳，又有点呛人。几十根虚幻的烟柱随风摇曳，袅袅升腾。

儿子下意识地揉了一下眼睛。

"爹，你坏蛋！"儿子耳畔突然回响了一声。

爹不是坏蛋，爹是亲爹。儿子叹一声，低头望一眼父亲脚边藉一片的烟蒂，还有疲软松散的烟灰，下意识地又揉了一下眼睛。

"来，回屋吧。"一旁的母亲说着按下门旁的电灯开关，圆圆的灯泡顿时亮了起来。母亲瞅着儿子说："看，眼泪都流出来了。这烟气真呛人！"

逮麻雀

⊙ 侯发山

接到老爹的电话，子明便开车回来了。那天是个周末，子明本来已经跟人约好了酒局，只好临时取消。他知道老爹的脾气，不是关紧的事，一般不跟他联系。倘若不回去，老爹可能"你这个王八羔子"地骂到单位来。这一次，他不敢劳驾司机。上次回老家，他让司机开车，老爹黑着脸骂他："你又不是不会开车，干啥麻烦别人？你吃饭是不是也让人喂？鸡冠大的官，就啥也不会干了？！"

说来也巧，子明到家的当天夜里便下起了大雪。老爹兴奋得像个孩子，说："早点睡吧，今晚咱爷儿俩不拉呱，明早再说。"

看到老爹和老娘的身体依然硬朗，家里也没有什么糟心事，子明也就放下心来，拱进被窝一心一意地刷抖音。

第二天，雪停了，院子的地面上积了厚厚的一层。老爹对子明说："来，咱捉麻雀。"

"捉麻雀？"子明又重复了一句。

老爹点点头。

都啥年代了，还捉麻雀？真是返老还童了。这话子明想说没敢说出来。记得二十世纪六七十年代，家里穷得没米下锅，到了雪天，家家户户捉麻雀，把捉到的麻雀用泥巴包裹起来，放到火炕上烤，等香气弥漫时，剥掉泥巴（麻雀的羽毛也随着泥巴一起脱落了），什么调料不用放，滋味也不亚于今天街头的烧烤。子明抬头看了看院子里那棵老枣树，果然枝头上站着数只麻雀，叽叽喳喳——每到雪天，它们就为生计犯愁。

老爹已经拿出了铁锨、笸箩和绳子等一应工具。

子明赶紧上前接过铁锨，清扫积雪。等收拾出空地来，老爹用一根短木棍把笸箩的一边支起来，笸箩下边滚了一把小米，金黄金黄的，与四周的白雪形成了鲜明的对比。然后找来一根长长的绳子，一端拴在木棍上，另外一端，老爹让子明攥着，之后两人躲得远远的，避开那些麻雀。时候不大，那些麻雀可能觉察不到危险，同时也抵御不了小米的馨香，滑翔到笸箩周围，又是叽叽喳喳交头接耳一番，好像讨论该不该进去。最后商量的结果是，有四五只进去了，留两三只在外边放哨。不等老爹指示，子明猛地一拽绳子，棍子倒了，笸箩也倒了，把那些吃小米的麻雀一网打尽。笸箩外边的几只，扇动着翅膀，飞到了树上。

若在过去，这绝对是一个辉煌的胜利，值得欢呼雀跃的。即便是当下，子明三十好几的人了，也还觉得很有成就感的。

笸筐下的麻雀叽叽喳喳，树上的几只也在叽叽喳喳。

老爹问子明："它们说的啥？"

子明摇摇头，说："这门外语我还真没学过。"

老爹说："树上的为啥不离去？它们肯定是一个家族，被斗住的可能是它们的子女或者父母，失去了亲人，它们能不伤心？"在当地，"斗住"类似"抓到"的意思。

"有道理。"子明点点头。

老爹看着子明，指了指笸筐，说："这些麻雀为什么能被斗住？"

"因为它们贪吃。"说这话的时候，子明几乎是不加思索。

老爹走过去，一把掀起笸筐，那些死里逃生的麻雀们，叽叽喳喳，欢呼着逃远，那些在树上伤心的麻雀也随着它们飞走。

子明愣了一下。

"咱又不吃，再说，麻雀是益鸟。"接下来，老爹像是对子明，又像是自言自语，"如果是人，可就没有这么幸运喽。"

子明心里一颤，那一刻，他如石化了一般。两个月前，他刚刚被提拔为局长。此时，他忽然明白了老爹让他回来的目的。即便不下雪，老爹还会整出别的故事来。他想了想，忙对老爹说："爹，趁着道路还没结冰，我还是走吧。这天气，保不准什么地方闹灾呢。"

"好，你娘在厨房给你烙好了油馍，带几张走吧。没啥事不用往家跑……"老爹呵呵笑着，背着手往大门外走去。子明这才看到，大门外停着的车，车身上没有一点积雪，通往村外的道路也被清扫出来了。

老　假

⊙ 赵明宇

　　我认识老假是在一次酒宴上。朋友带了一个小孩儿，总是哭闹，谁逗也不管用，一个老者跟小孩儿说："孩子孩子你别哭了，爷爷给你变个魔术吧。"说着话，一张嘴，摘下假牙托在手里。小孩儿竟然不哭也不闹了，惊奇地望着他。这一幕，却让大家反胃，没了吃饭的雅兴。我悄悄问朋友这老家伙是谁，朋友告诉我，这人就是大名鼎鼎的伤残军人老假。

　　老假是绰号，因为身上安了假肢、假眼球、假发、假牙，大家说他一身假货，叫他老假。有的人问他，老假你贵姓？老假笑笑，免贵，姓贾，绰号老假。

　　老假18岁参军，左眼是在朝鲜战场上被打伤的。养好伤，他又上了战场，说一只眼正好不影响瞄准，省得闭眼了。子弹打光了，白刃战，他手持大砍刀，连劈八个大鼻子敌兵。最后被敌兵刺中小腿肚子，医护条件不好，伤口溃烂，膝盖以下被锯掉了。

他回国休养，政府为他安了假肢和假眼球。

1956年，他复员到地方，在元城担任地区财贸学校的后勤校长。学校办公楼是木地板，他每天在楼道里走，传出假肢叩击地板的咚咚声，大家一听，就知道他来上班了。

"文革"初期，元城县武斗很厉害，学校只好停课，他迈着咚咚的步伐回家，闭门不出。可是学校的造反派不放过他，砸开他家的大门，要拉他出去游行。一个戴着红袖章的年轻人，把一顶纸糊的尖帽子扣在他头上。老假生气地扯下纸帽子，摔在地上，大喝一声："你们这些孩子，什么也不懂，不要闹了，都给我出去！"

年轻人要造他的反，哪里肯听，一起围上来用绳子捆绑他。老假一看这阵势，弯腰，把假肢摘了下来，高高举起，朝着几个年轻人抡了过去。年轻人忽然看到老假竟然举起一条腿，吓得后退了几步，望着老假，愣在那里。

老假依然举着假肢，说："大鼻子敌兵厉害不厉害？被我劈了八个。你们这几个龟孙孩子，不服气就来，别怪我老假不留情面。"

几个年轻人面面相觑，没敢再动手，悻悻而去。

老假退休，牙齿们也跟着退休，他装了假牙。头发也开始脱落，他摸着光光的脑壳，去买了假发，扣在头上。有一次召开老干部座谈会，他掀开假发挠痒，大家哄堂大笑。

他到学校做宣传员，戴着红领巾，被孩子们簇拥着，一脸慈祥满面春光地讲述刀劈八个敌兵的壮举，讲述这些年来，国家翻天覆地的变化。

九十年代初期，县里提拔一批干部，不断有人带着礼品来找老假盖章，做假学历，老假一一回绝。其中就有当年给他戴纸帽子的年轻人，赖在家里不走，说："贾校长，当年是我不懂事，还得靠您成全，您一句话，签个字就能改变我的一生。"老假笑着说："我咋会怪你呢，再说你也没把我怎么着，我反倒吓了你们一跳。但是这个章，我不能盖，字也不能签。我叫老假，是因为一身假货，但是我这个党员不是假的，也从来不说假话，更不能造假。"

老假八十多岁了，身板硬朗，每天在家里写回忆录。我喜欢找老假聊天，也爱跟他开玩笑。我去他家，敲门，他问谁啊？我说工商局，打假的。他笑哈哈着开了门。再去，敲门，他从猫眼看了，就问，是不是打假的？

在门外，我就乐了。

拔 牙

⊙ 李占梅

见过拔牙咧嘴的，没见过像安晓鹏这样的。我的手还没挨着他的腮帮子，他的头猛地一偏，疾如闪电般敏捷地躲过了我的触摸。我扳正他的脸，说："安晓鹏，你再不张嘴，我就拿钳子撬了啊。"安晓鹏哼唧着，"你上辈子和我有仇！"我笑了，说："太远的事就不扯了，先把这辈子的算清。"安晓鹏说："不就作弊抢了你一个球嘛，还是高中，你哪来那么好的记性？我不拔了还不行。""不行，你挂了我的号，就是我的病人，孙悟空难逃如来佛的手掌心。"我指着墙角维修工修暖气落下的扳钳，说："看见没，要让我追到你家，就不是用牙钳了。"安晓鹏伸出两个指头夸张地比了比钳子嘴，又放在自己嘴上丈量了一下，顿时泄了气，一屁股委在凳子上，说："我卖给你行了吧。"

"你以为谁都想买你？就你这堆烂杂碎零件，做医学实验的下脚料我都瞧不上。"

安晓鹏是被人捧着长到现在的，哪里听得进半句损他的话。他习惯性地一手叉腰，一手拍在了桌子上，许是用力过猛，他啤酒肚上的肥肉胡颤了几下，跟着，他脸上的肌肉哆嗦着，疼痛让他的手触电般捂住了嘴岔子。

我把他摁在凳子上，查看他龋齿蛀坏的程度。不看不打紧，一看吓一跳。安晓鹏嘴里的牙整个是车子不能推——坏足了，压根、根尖都有炎症，萎缩的牙龈上还长了一个乳状的瘤体。

我问他："安晓鹏，我记得你的牙齿是很结实的，甭说生柿子、熟黄豆、饭嘎巴（锅巴）、猪脆骨、酸柳柳、辣韭菜，就是厕所的石头，要不是嫌臭，你都能给啃秃噜皮，这才几年的工夫，一嘴好牙咋就让你给整废了？！"

安晓鹏又吸溜一下，嘬出一口血水，说："甭废话，就说咋治吧。"

"拔是肯定的。拔之前要先去做检查，看看你牙龈上的这个瘤体到底是个啥东西。你现在是不是吃饭也不行了？我记得你上次来可比这胖多了。"

为避免他再次激动，我没敢说"口腔黏膜癌"这几个字。

安晓鹏点了点头，说："你这才是老同学的样嘛，还算有点人情味，能看出我瘦了。我听你的，现在立马就拔。给我多打点麻药。"

安晓鹏的语气中有着一种不容反驳的威严和霸气。他说："我第一次牙疼，是在别的医院找一位名医看的，从分离牙龈开始，哪一步都是挖心的疼。我以为拔牙就是这样疼，忍一忍拔完就好了。后来才知道，原来是排队拔牙的人多，医生一着急，忘了记我麻醉的时间，麻药还没起效就给我拔了，生拉硬拽啊，气得我直接让那医生下岗了。"

我忍不住笑了，说："哪有你说得这么快，还立刻马上！拔牙前你需要进行一个全身检查，测血压、做心电图、拍胸片，排除一些疾病才能拔。"

安晓鹏说："不用检查，这几年我血压高，也有糖尿病。"

我说："你这是对你自己不负责，你的牙整个让烟酒给泡了。"

安晓鹏叹了一口气，说："哎，拔不拔都是痛苦。不拔是疼，拔完了也不轻松，什么东西也不能吃，干的不行，硬的不行，看别人吃的香自己吃不了是件非常不舒服的事情，说话和大笑都不行，还好单位那一大堆事我只要签字就行，不需要说太多的话。"

我说："离了谁地球都能转，别把自己抬得那么高。"

安晓鹏说："是，话是这么说，可是老话不也说嘛，家不可一日无主。你看能不能拖一拖，下个月区里有个重要的招商引资会议需要我发言，肯定还要陪客人吃饭啊。你不知道，好多事情好多项目都是在酒桌上才能进行得下去。"

我说："你的牙齿周围存在着大量的炎性肉芽组织，都是蛀牙，尽早拔除才能镶牙或种牙，才有利于你咀嚼功能的恢复。"

安晓鹏想了想，像下了很大决心似的问："老同学，有没有别的方法，不用拔牙，一切照常，啥也不耽误……"

　　我认真盯着安晓鹏看了看，说："那我给你个偏方吧，或许对你全身的治疗还不晚，看你舍得舍不得。"

　　安晓鹏捶了我一下，说："有屁不早放，哥们不缺钱，有啥不舍得。"

　　　　　　未老先衰病缠身，难辨官来难辨民。
　　　　　　远离烟酒心禅定，神清气爽意气风。
　　　　　　八条规定要牢记，为国于己才是春。

　　安晓鹏看着我写在病历纸上的这几句打油诗，陷入了沉思。

三等奖

老爸的卧底

⊙ 王　炬

　　家庭声讨会是大姐夫牵头召开的，声讨对象就是我那不到退休年龄从领导岗位上下来的老爸。

　　大姐夫表情无比悲愤，说老爸精神出了问题。

　　"我了解了个底儿掉，是他向组织部门多次要求下来的，他说他要回农科所搞他的种子研究。简直是疯了！他这样下来，人们怎么看我们，怎样看这个家，你们说，他为啥这样做？"

　　大嫂直接宣泄情绪："人家当父母的，处处为儿女考虑，咱老爸，当了好几年县领导，家里的事儿，哪件事儿办利索了？当年让他给我调换一下工作，他说我没文凭，后来我托人办了个文凭，他把文凭撕了个粉碎，有这样当爹的吗？原来，没有实的总还有个虚的，咱说起来还算县领导的子女，现在虚的也没了，真不知他是咋想的！"

二哥意见更大，二哥找个漂亮对象，女方家有个脑瘫的弟弟，人家之所以看上二哥，本是图老爸这个领导给人家弟弟安排个工作，后来女方一看没指望，跟二哥分手了。在二哥的心中，这责任全是老爸的。

老爸说："她图这个！爱哪来哪去，你的对象你自己护不住，跑来怨我，你活该！"把二哥噎得直翻白眼。

大哥比较深邃，有独特的看法，大哥说："老爸主动退下来了，我觉得这是老爸的高明处，这叫安全落地，你们看那些当官的，凡是有毛病的，有几个不被查个底儿掉？到时候再想撤都来不及。我分析，老爸也应该是自觉差不多了，见好就收，安全降落。"

听了大哥分析，大家又不无欢喜。

因为我是老小，有点小机灵，大家派我到老爸身边去做卧底，侦察老爸的秘密。大家告诫我，老爸脾气大，千万别暴露。

我找到老爸的时候，他正在老平房的院子里用一块磨石磨一把锈迹斑斑的铁锹，随着沙沙的声音，殷红的铁锈从他指间流出来，渗到院子已经泛松了的土地上。

"看这把铁锹，多少年了，我用着最顺手，可惜锈成这个样子，再不磨就完蛋了！"

我疑惑地看着他，小心翼翼地问："爸，您从岗位上下来，不是为磨这把铁锹吧？"

"是，就是为了这把铁锹，你小子想讨什么话我知道。我告诉你，当年我研究的红山2号谷种，把谷子从亩产300斤提高到了510斤，我研究推广的小麦36号让小麦亩产由400斤提高到了1000斤，就凭这把铁锹。一握这把铁锹，我的精神头儿就回来了。我当领导好几年，你知道我误了多少事吗？我的事你不懂，但你的心思我懂，走，小子，跟我走，我让你懂。"

他粗暴地抓着我的脖梗子，像押俘虏，粗糙的手抓得我很不舒服。他粗重的呼吸让我感到他有点愤怒。我们来到一块荒芜的土地上，他一把把我扯进杂草中，大声说："这就是我的那块试验田，四年了，全荒了。痛心啊！我一直有一个引进美洲黑薯的计划，这个黑薯比红薯牛啊，一旦引进成功，将为我们县带来巨大的经济效益。这款产品我给它命名'白领黑薯'，专门卖给城市女白领们，既减肥，又解饿。"

他弯下腰，用脚帮忙，使劲把铁锹插入土中，我听见铁锹插入泥土时沉闷的声音和锹刃切割草根轻微的声响，父亲从新鲜的土里抓起一只蚯蚓，把它放到手心里，说："这才是我，我一看见它，就找见魂儿了。"又说："人如果像蚯蚓一样，扎根这片土地，就永远也不会饿死。"

我还是搞不明白老爸，有些卑微地问："爸，你有钱吗？"

父亲指着大地说："钱？这不是钱吗？这满世界的财富，你只要肯弯腰，你会富得很。人要挣干净的钱，你只有挣干净的钱你才真正幸福。别找近路，这个世界没有近路。你如果想不劳而获，最后肯定是两手空空。"

从那天开始，我游手好闲的日子结束了。

　　我就那样陪着他翻土、施肥、育种。美洲黑薯，终于在我们的土地上培育成功了。老爸如同一根失去了水分的老藤般苍老，我的手上也长满了粗硬的茧子，我忘掉了我当初来做卧底的任务。望着满眼肥硕的绿叶和绿叶上粉白的花，我终于明白了，老爸给了我们怎样一笔巨大的财富！

心算王

⊙ （加拿大）孙博

欧阳集团财务总监钱鑫卷款十亿逃跑，公司股价暴跌两成。董事长欧阳振邦火速召千金回国，协助查明真相。她可是个行家，从小就有"心算王"的雅号，且有过目不忘的本领。

文丽匆匆飞回滨海市，见父亲一夜之间变成了白发老人，深感内疚。次日清晨，她的时差还没倒过来，就跟着父亲去查账了。欧阳集团已有四十年历史，生意涉及房地产、酒店等领域，员工多达万人。

几天后，文丽发现了钱鑫做的三本账——内账、外账、好账，其中有不少假单，都是近年做的手脚。造成今天这个局面，她认为自己难辞其咎。七年前，她从财大毕业，就到家族企业工作，三年后升任财务副总监。就在这时，她突然要去哈佛读MBA，父母也劝阻不了，最终答应两年后回国，接替钱鑫的职位。可她到波士顿才半年，就与"香蕉人"同学刘大卫热恋，毕业后一起去了华尔街，大卫从事商业咨询，她在上市公司担任审计总监，一晃也两年了。

文丽经过详细分析，发现钱鑫将资金转移到东南亚，估计他本人也藏匿在那里。她马上撰写报告，供有关部门参考。公安部通过国际刑警组织，对钱鑫发出了通缉令。

振邦称赞女儿不愧为"心算王"，一个顶仨，文丽只是淡淡一笑。他得寸进尺，借机劝她回流，因为自个儿已过花甲之年了。文丽很想帮父亲，但也有难处，她刚结婚，两人的事业都在纽约。振邦又劝他俩一起回公司，职务任挑，薪水绝不比美国低。文丽吐苦经，大卫是在美国长大的，根本没法用中文工作，振邦认为这根本不是个事儿，可以慢慢学，但她还是没松口。

为了犒劳女儿的挑灯夜战，振邦特地在高级餐厅摆了一桌，顺便把她介绍给几个大股东。高朋满座，谈笑风生。

酒过三巡，突然传来文丽哥哥的坏消息，振邦心肌梗塞复发，急送医院抢救。文宇是集团的总经理，正在四川拓展业务，由于雨天路滑，车子翻到山沟里，文宇受了重伤，双腿不保，秘书当场毙命，司机则受轻伤。

翌日，公司股价又跌一成。人力资源部一天内收到十几封辞职报告，都是中层以上干部，真是雪上加霜！

所幸振邦脱离了生命危险，转到普通病房。公司面临生死存亡，他急得像热锅上的蚂蚁，文丽也是进退两难。经过数日的深思熟虑，她终于答应了父亲的请求，辞去纽约的工作，出任欧阳集团的CEO。但她有一个条件，要成立专门小组，对公司进行全面改革，因为她在查账时发现了不少问题。

振邦立即在病榻上召开视频董事会，董事们一致通过，让文丽放手大干一场。父女喜形于色，欧阳太太却担心小两口分居两地的大问题。文丽说管不了那么多了，大卫爱怎么着就怎么着，振邦感激涕零。

经过一个月调研，文丽起草了《欧阳集团全员持股建议书》，提出让一万名员工分享一亿股股票，如按最新市值计算约合二十亿元。振邦万万没想到，女儿居然把命革到股东的头上来了，再次面对艰难的抉择。

董事会上，十多个股东纷纷反对全员持股。大家唇枪舌剑，互不相让。

到了半夜，振邦大声说："我刚接到建议书时，也持反对意见。经过好几天的考虑，终于想明白了。它虽然对我们原始股东有一定影响，但只有这样，才能凝聚一万人的心，提高工作效率，大家共同富裕……"

黎明时分表决，大比数通过！原先十多个准备辞职的人，一大早都打来电话，不走了，文丽喜出望外。

没过几天，在菲律宾警方的协助下，公安部在三宝颜市将钱鑫抓捕归案，且追回八亿赃款。

就在同日晚上，刘大卫拖着行李箱找上门来，文丽惊讶得说不出话，二老也被搞糊涂了。原来，大卫的公司半年前就准备到滨海市开设分公司，但一直物色不到合适的经理人，他得知文丽正式回流后，马上悄悄申请，顺利拿下了美差。

听罢，文丽嘀咕："真没想到，你会以这种方式回到我身边。"

大卫耸耸肩，欧阳太太竖起大拇指。

振邦笑着说："咱们'心算王'，也有失算的时候。"

香 草

⊙ 欧阳华丽

李峰从小贪玩，一天到晚跟一帮半大小子上山下河，赶鸭追狗，天天一股子汗酸味，常让蚊子咬得一身一脸的包。于是他家里常有这样的场景：一进家门，母亲就把他往院子里赶，"快洗洗去，一身的味，招蚊子！"

为了让他少给蚊子叮咬，母亲想尽了办法，熏艾草、点橘皮，还在家里各个角落放上一盆盆驱蚊草。那些香草闻上去有淡淡的清香，是天然的祛味驱蚊剂。

后来李峰去了城里念书，母亲知道他爱运动，把家里的驱蚊草晒干，为他做了很多的驱蚊香囊，嘱咐他放在衣箱、床头、枕下、衣兜里。有了这些香囊，李峰身上一直有股淡淡的清香，从没受过蚊子的侵扰。

李峰参加工作后很争气，刚过不惑之年就成了局里的一把手。他早就想把母亲接进城，可母亲说故土难离，不肯去。李峰便每个月抽时间回来看望母亲，每次回来，母亲都不忘让他带上一些香草香囊。李峰说："以后别再弄这些了，现在我工作环境好，没有蚊子。而且我也不是那个贪玩的泥猴了，天天都洗澡，还用男士香水，用不上香草了。"母亲一笑置之，照做不误。

这天李峰刚回到老家，同村在外做建筑的大勇就踩着他的脚后跟进了屋。他们是从小的玩伴，有着一块割草、砍柴、掏鸟蛋、捡石头的友谊。说到捡石头，这绝不是随便说说。他们村紧靠青衣江，早些年，二人没事就到江边捡图案有趣的石头。多年下来，两人成了奇石爱好者。李峰房间里有一半的奇石是和大勇一块从青衣江捡回来的。

这些年大勇做建筑挣了不少钱，早成了奇石收藏者，而李峰收藏的这些石头，虽少名石，也个个别具特色。所以每次李峰回来，大勇就上门交流拣石、玩石、赏石的心得。这天，大勇掏出了一块金海石，说是自己最近去云南旅游时淘的。李峰接过仔细观赏，摸摸，坚硬细腻，掂掂，重若金银，叩之铮然有金属声，细观整体形象，活脱脱地一幅观音菩萨像，形神兼具，色差分明，沧海横流。李峰左看右看，轻抚细摸，实在爱不释手。"你要是喜欢留下玩吧。"大勇一脸诚恳。李峰连连摇手："不行不行，君子绝不夺人所爱。"

"这不是夺人所爱，是解人危难。你也知道我唯一的爱好就是收集奇石，现在家里就像一个小型奇石博物馆，你弟妹见我拿石头回来就跟我生气，我也不怕你笑话，她说我要再往家里拿石头，她就要跟我离婚。"李峰一下子乐了："你在商场上叱咤风云，没想到在家里倒是'气管炎'。"

"是啊，我连放这个石头的底座都做好了，就是不敢往家拿。不过我们是兄弟，放你这跟放我那是一样的。"说着大勇从包里拿出一个红木根雕，将奇石摆上，果然，家里其他的石头顿时失了颜色。

两人兴致勃勃聊至夜深才散。刚刚洗漱好，母亲进来了，她在李峰身边耸耸鼻子说："儿子，身上有味了啊！"李峰有些愣："妈，我才洗完澡。""再去洗洗吧，去去味！"李峰笑了："妈，你以为我还是那个疯玩的泥猴啊，动不动就赶着我去洗澡。""我说有味就有味！"母亲突然发了火，把他往浴室里推，说："快去。"

他看着母亲不容抗拒的眼神，默默地进了浴室。

"峰儿，大勇近来找你的次数可有点多啊！"李峰擦头发时听了母亲的话，不禁叹了口气。大勇是自己多年的朋友，一次次地将自己淘的品相好的奇石送给自己，又从不提什么要求……

"我说你身上有味了，你还不信！你看，你爱好奇石，这么重的'味'，能不招他围着你转？这就像你小时出汗多，蚊子就喜欢叮你一个道理。你得好好想想怎么才能摆脱'蚊子'去掉'味'！"

第二天李峰回城，特地装上了母亲为他做的香囊，还带回两盆驱蚊香草。一盆放家里，一盆摆在办公室。

办完这一切，李峰微信给大勇转去一笔钱，附言：兄弟，你送我的石头都卖了，卖石头的钱微信转给你。我现在不收藏石头，改收藏香草了。这种香草，很难找到的。

嗅嗅室内，果然，清香缭绕。

头　盔

⊙ 余清平

　　王福不去省城儿子王麟的家是有原因的，担心去了，那些求王麟办事的人就会找借口来送礼。王福记得儿子做科长那年，他去了，晚上有人来拜访，并送上大红包，最少的都有几千元。王麟一一拒收。王福问怎么回事。王麟回答说："这些朋友平时送礼我不收，现在借故说您来了，特来'孝敬'您。"

　　此后几年，王福再也不进城了。

　　王福这次进城，是因为儿子做了局长。王麟见父亲来了，高兴地说："爸，您咋来了，不告诉，让我去车站接您？"王福看了看儿子，笑着说："儿子，你官做大了，就不想爸来了？"王麟说："爸，我不是这意思，我正打算周末回乡下去接您，您来了得多住几天。"

　　王麟大学毕业后响应号召去支边，在大西北待了几年，三年前，调回市里任城建局审计部门的科长，职务不高，但有实权。现在，他因能力强，工作出色，升任局长。王麟一直有个心愿，父亲老了，想接他来城里享几年清福。可是，因为那次撞到朋友来送礼，父亲说什么也不肯再来，担心影响王麟的工作。现在，父亲不请自来，王麟很高兴。

　　小住几天的王福很无聊，想说话，找不到对象，为什么？只因偌大的城市，除了王麟，王福再也找不到一个说家乡话的人。王福待得不是滋味。一个周末，他嘟囔着让王麟陪他去逛街，说要看看城市有啥新鲜事。王麟事多，周末本想清静一下，在家里看看书，见父亲有兴致去逛街，也不便扫他的兴，便陪着他来到公园。逛了一会儿，王福说这里山山水水、花花草草有啥好看，还不如乡下的花草长得自然、顺眼，有香气，要去逛闹市。

　　王麟说好。便带父亲逛了几条热闹的街市。平时，王麟很少逛街，不喜欢，也没时间。王福逛得兴致勃勃。临到中午吃饭的时候，王福看到一家恢宏大气、金碧辉煌的酒店，对王麟说："儿子，我们去那里吃饭。"王麟面露难色，想爸来一趟不容易，应该带他去享受享受，可他不能那样做，那可是五星级酒店。王福见儿子为难，便说："去其他地方吃也行。"

　　王麟只好带着父亲，来到为食街。为食街是政府规划的便民工程，专门做中低档餐厅，方便普通市民用餐。还别说，由于卫生抓得到位，价格也便宜，生意很不错。王麟点了一盘烤鱼一个青菜一个汤，价钱不贵，味道很美。吃完饭，父子两个走进新世纪商场。王福眼睛突然放光，盯着一款手表挪不开，说："儿子，我喜欢这手表。"王麟一看，这是一款瑞士镀金手表，标价3.2万。他沉默了一会儿，赔笑说："这手表是装饰品，不是用来看时间的。"

王福看着儿子的窘样，嘴巴动了动，没说啥。父子又逛到首饰店。王福又要买金项链、钻戒等。王麟心想，爸辛苦一辈子，很节俭，咋现在老是要买奢侈品，可他只有一份工资，要养家供房，没什么钱买爸要的贵重礼品。王福看见儿子拿不出钱，也就作罢，只买了一个头盔。

回家后，吃过晚饭，王福拉着王麟坐沙发上，王福说："儿子，知道我为什么要你带我进高档酒店买贵重东西吗？"王麟一怔，说："爸，本来儿子是应该满足您的，可是我……"王福一摆手说："爸知道你没钱，爸是试探你的。"王麟心道：爸您这唱的那一曲，信不过您儿子。

王福说："还记得你儿时，爸开摩托车送你去读书吗？"

王麟的眼前浮现出一幅温馨的画面：爸开着摩托车载着他，奔驰在芳踪绿野的山路上，温馨幸福。

王福拿过买的那个头盔，说："儿子，爸今天送一个头盔给你。"顿了顿，他又问："你知道爸为什么送你头盔吗？"王麟想了一会儿，猛然省悟说："谢谢爸，我知道。"

原来，王麟在镇里读初中时的一个下雨天，王福送他去学校，父子两个都未戴头盔。乡间土路，凹凸不平，加上雨天路滑，不幸摔倒，王麟的额头磕出一道伤口。此后，王福开摩托车，一定让王麟戴着头盔。

　　王福伸手抚摸王麟的额头，说："额头上的疤痕长得拢（痊愈），如果做人有了伤疤，那是永远长不拢的。"

　　王麟知道父亲是在告诫他：为官一定要清正廉洁。他连忙挺直腰说："爸放心。"

香樟林

⊙　揭方晓

　　作为部门一把手，老章廉洁自律，那是出了名的。他的这种"油盐不进"，惹得许多人"围观"，并各自发表"观后感"。

　　发小陈二林觉得自己最有发言权。他与老章从小光屁股长大，后来一起冲出小山村，成为人人羡慕的"凤凰男"。他认为，老章是穷苦人家出身，底子好，不易腐败。

　　他略带神秘地对大家说："你们知道老章出生在哪里吗？咱们这最偏远的、鸟不拉屎的小山村——章家村。当年呐，他父母都老实巴交，只知刨那几亩山地度日，收入微薄，一家老老小小，七八张嘴，勉强混个半饱。这样家庭出身的人，长大后懂人间疾苦，知生活不易，自然不会干那些违法乱纪的事。"

陈二林的"观后感",付红菲首先就表示不屑。

付红菲是老章的同学,关系非常纯洁的那种同学。她对老章也颇为了解,认为老章在这个物欲横流的社会,能够做到洁身自好,主要是自身素质高。

"我跟老章从中学到大学,都是同学,用现在的话说,他可是超级无敌学霸一枚。没见怎么努力,门门功课都是优,大学时还率先入了党,可以说又红又专。古话云:知书才能达礼,达礼方能守身。在老章身上,这句古话得到最完美的体现。"每当说起老章的往事,付红菲总是特别崇拜。

付红菲的"观后感",在邵福来那通不过。

作为老章的同事、下属,这家单位的资深办公室主任,邵福来与老章天天见面,自然知根知底。老实说,陪了七八任领导,老章是他眼里最"刻板"的一个。

"你们都没说到点子上。你们知道老章最喜欢读的是什么类型的书吗?人物传记,尤其是勤廉人物的传记,比如《寇准传》《焦裕禄传》等。他时时刻刻在心里为自己画红线,使自己尽可能刻板些。所以啊,一个人如果能像老章这样为自己点一盏永不熄灭的心灯,还有什么东西能击败他呢?"邵福来透露了个老章的秘密。

邵福来的"观后感",也并不是人人都认同。

当然,这些"观后感"尽管没有得到公认,但并非完全没用,诸如陈二林的"出身论"、付红菲的"学霸论"、邵福来的"画红线论",纪检宣教部门干部张腾军来总结老章防腐拒变的先进典型材料时,就都采纳了,为材料的成形,贡献不小。

　　那天，张腾军拿着这份还散发着油墨香味的材料给老章过目，说是如果老章没什么意见，就准备拿到报纸上去发表。没承想，老章死活不肯点头。张腾军愣住了，这材料内容丰满、层次分明、文采斐然，又细节生动、真实可信，怎么老章就是不满意？

　　面对张腾军惊诧的目光，老章说："走，我带你去个地方。"

　　张腾军满腹狐疑地跟着老章，驱车来到百里之外的一个小山村，正是老章的老家章家村。下车后，老章不是带着张腾军往村里走，而是来到村子附近的树林里。

　　章家村附近，乌江之水奔流而过。江水之侧，古樟丛生，连绵十余公里，遮天蔽日，形成一片又一片密集的古樟群落。数百年甚或上千年，这些樟树与喧嚣的江水、安静的村落、广袤的田野相依相存，独具江林生态之秀美。

　　满眼的绿色中，张腾军发现一群白鹭栖息其间。或许是他们的脚步声大了些，惊得这群白鹭倏地飞起，展翅翱翔，将所有的优雅、自如与素洁，还有那么一点点戒心，全都一览无余地给了这片樟林，给了惊喜的张腾军。

　　"我每次回老家，都会在这片樟树林里歇上半天，白鹭纷飞、樟香扑鼻，如入人间仙境，瞬间就清醒了，名利、财富、美色，一下子卑微如泥尘，甚至不值得俯身捡拾。我把这叫作'灵魂之澡'，每年在这里洗几次这样的澡，愈发地喜爱干净。这种干净，不仅是指衣着容貌上，更指不容任何东西污染心灵。"老章的话在张腾军耳边响起。

　　"不信的话，你吸口这里的空气试试。"老章向张腾军建议道。

依老章的建议，张腾军闭上眼，舒展双臂，深吸一口这饱含樟香的空气，顿时心底空明，浑身清爽。

他明白这篇材料该怎么写了。

领导的鞋

⊙ 刘万里

领导最大的嗜好是收藏鞋子。

领导小时候不叫领导，人们都叫他狼娃。

狼娃小时候，家里非常穷。狼娃那时常常打赤脚上学，偶尔也穿着草鞋上学。夏天倒无所谓，一到冬天，狼娃衣服单薄又破旧，脚趾头常常露在外边。那时狼娃最大的梦想就是拥有一双解放鞋或布鞋。

狼娃就这样打着赤脚和穿着草鞋读完了小学。

上初一时，班上同学罗君穿了一双新球鞋，他非常羡慕。

课间十分钟，狼娃对罗君说："把你新鞋让我试试，就穿一下。"

"不行，坚决不行。"罗君盯着狼娃

脏兮兮的脚说。

上体育课时，狼娃不小心踩了罗君一脚，白球鞋上有个明显的脚印。罗君踢了狼娃一脚还不解恨，还狠狠打了狼娃几拳，说："穷鬼，找死！"

狼娃摸了摸嘴角的血，泪水流了出来。

"球鞋有啥了不起的，长大后我要穿皮鞋。"狼娃心里安慰自己。从此，他每天发奋学习，每次考试都是班上第一名。

那时，农村孩子早早跳出农门的唯一出路就是考中专，那时中专毕业国家分配工作，考上了中专就等于端上了铁饭碗。

初中毕业，狼娃顺利地考上了一所中专学校。

中专毕业，狼娃分到县委做秘书。第一个月发工资，他买了一双皮鞋。穿着皮鞋他非常兴奋，绕城漫步了一圈。

后来，他一路高升，从秘书到镇长，从镇长到局长，从局长到县长，从县长到市长。

他为官清廉，口碑非常好。自当上市长后，他常常回想上学时的情景，突然他发奇想，收藏鞋子。说干就干，好在市里他的房子非常大，还有空房间。他就定做了鞋架，就像图书馆那种样子。鞋架做好后，他把以前不穿的鞋子放了上去，看着自己的鞋子，他长吁一口气，笑了。

人们知道领导喜欢收藏鞋子，有找领导办事者就常捎带一双鞋子来。

找领导办事的人很多，领导家里的鞋架就摆满了各种高档鞋，好多还是进口鞋。鞋多了没地方放，就放在地上，地上堆起了小山。

领导望着这些鞋发愁。

一天，一个中年男人走进了他的家门。中年男人说："我是罗君啊，你的同学。"

领导想了起来，两人开始叙旧。走时，罗君说："我的鞋破了，能不能买双领导的鞋？"

领导推开门说："你随便挑。"

罗君挑了一双新鞋，对领导说："请领导'开光'！"

领导一怔："开光？"

罗君说："这是新鞋，领导穿一下，就表示'开光'了，也就表示是领导穿过的鞋子了。我是忆苦思甜，穿领导的鞋，我也想跟着沾沾光，好走领导当年走过的艰苦之路。"

领导哈哈笑了。

罗君走时，留下了一张卡。

领导把卡扔给老婆。老婆到银行一查，30万。一双鞋30万买，老婆笑了。

第二天，又一个中年男人走进了领导的家门。

临走时，男人说："我的鞋破了，能不能买双领导的鞋穿穿？"

领导推开门说："你随便挑。"

男人挑了一双新鞋，对领导说："请领导'开光'！"

领导故意一怔："开光？"

男人说："这是新鞋，请领导穿一下，就表示'开光'了，也就表示是领导穿过的鞋子了。我是忆苦思甜……"

领导哈哈笑了。

"这是买鞋子的钱。"男人走时，留下了一张卡。

领导把卡扔给老婆。

　　说来奇怪的是，罗君和那个男人穿了领导的鞋后，在仕途上一帆风顺。

　　后来，每天都有人来买领导的鞋。领导不在时，领导老婆说："这些鞋子，领导都开过光，随便挑选。"

　　来人一笑，扔下一超大的厚厚的信封，抱着鞋走了。

　　后来，梦城官场私下流传一句广告语："不走寻常路，穿领导的鞋，飞一般的感觉。"

　　后来，领导长时间没回家。领导老婆只顾卖他的鞋，刚开始没在意，后来上门买鞋的人越来越少了，她才想起了老公。

　　她打领导的电话，关机。

　　再后来，没人上门来买鞋了。

　　她感到不妙，直到她接到纪委的电话，她才知道领导出事了，被留置了。

　　她一气之下，把剩下的鞋扔出窗外。一边扔一边嘴里不停唠叨："我让你不好好走路，我让你不走正道……"

　　贪官的鞋，人们嫌晦气。人们像踢球一样狠狠踢去，这些鞋飞进了垃圾堆里。

雾里青

⊙　陈亨成

埋没在市直机关多年的王强终于抓住机遇，调任副县长，迎来人生转机。

王强有一特殊嗜好，每有好茶，必浅酌慢品，心随升腾的茶雾一起飘荡，乐此不疲。

甫一到任，办公室便人来人往，登门拜访者如云。

一位福建老板左一声领导右一声县长，多次当面求情："只需您高抬贵手签个字，我项目就立马落地。打个擦边球，谁也不知道。"接着拿出随身携带的武夷山大红袍，说："这是四大名枞之首，非常稀少，供您品尝。"

王强犹豫再三，不敢收礼，整日闷闷不乐。

一日，得知本县出产名茶"雾里青"，便借工作之机，到封禁山视察。

多么奇特的大山啊！苍茫的天宇下，一块巨大的石头直插云霄，山顶云雾缭绕，如梦如幻。不愧是人间仙境！王强惊呆了。

乡长介绍说："'雾里青'茶是攀上山顶人工采摘下来的，每年只产十几斤，特别稀有，特别珍贵。"

"这里地偏人稀，山高石险，水秀雾寰。如此佳境，世所罕见，产名茶理所当然啊！"王强眉头舒展，情绪高涨，似乎完全忘了副县长的身份，高声赞叹起来。

乡长讲起"雾里青"的典故："清乾隆年间，李县令嗜茶，并对茶艺颇有研究。他常进山视察，见这里贫困，便教山民们种茶、制茶，增加收入，人们生活逐步富裕。一个药农采药时登上山顶，但见云雾之中生长着一些野生茶树，高兴地采回来品尝，竟然是上品。那些茶树远看白茫茫一片，近看却青翠欲滴，于是命名为'雾里青'。最贵的是春茶，卖给城市里的富商，助村民创收致富。李县令尽管嗜茶，却只喝夏茶。夏茶干涩、味苦，价格低，但有一种独特的甘醇味道，老茶客往往喝得津津有味。"

"哦，原来还有这些讲究。"王强听后如醍醐灌顶。

往回走时，路过一个村庄，村民们正在山坡上采茶。看着大家热火朝天的劳动场面，王强的身体仿佛增添了力量，脚下感到异常轻快。

乡长继续介绍："这里是贫困村，当初，苦于找不到产业扶贫项目。后来，经过专家考察，发现山上的'雾里青'可以移植到下面种植。俗话说靠山吃山，于是就将茶叶种植确定为产业扶贫项目。因为这是特有产品，质好价优，每年有公司上门收购，不愁销路，所以大家种植的热情都很高。"

目睹此情此景，王强似乎想拥抱自然，融入自然。

再往前，看见一位老爷爷正在村口悠闲地晒太阳。王强快步走上去，亲切地打招呼："老爷爷，您身体挺不错噢。"

老爷爷笑嘻嘻地说："不错不错！去年得了大病，住了一个多月院，因为贫困户报销90%医药费，所以没花多少钱，今年病好了。共产党真好！政府真好！"老爷爷有点动情，手指村后的茶园继续说："你看，热闹吧。今年刚采的新茶，就卖了好价钱，这是摇钱树，致富树啊！"

乡长似乎被老爷爷的心情所感染，接过话头说："报告王县长，这是全乡最后一个贫困村，今年已经摘帽了。"

一缕阳光穿过随风摇摆的枝条，斜照在村前蜿蜒的小溪上。王强打趣说："'雾里青'是大自然养在深闺里的姑娘，一旦嫁出去，必定能获取丰厚的彩礼。"

大家一起露出轻松的笑容。

乡长趁机说："王县长，要不要到农家去品一品新制的春茶？"

王强正色道："现在就免了，我想夏天来品茶。"说完，爽朗地笑了起来。

笑声穿过山谷，向山顶荡漾开去。这时，一阵白雾随风起舞，飘向山巅，撩过一片青葱的树林，倏忽又远去了。看哪，雾色再迷茫，不改青翠底色。人生，不也应该如此吗？

王强一下子感到无比畅快明朗，无比轻松愉悦。

回去后，王强请书法爱好者写了"雾里青"三个大字，挂在办公室的墙壁上。

钩　子

⊙　蓝　月

　　郑其的办公室墙上挂了一幅字：钩子。

　　这幅字并非出自名家之手，而是郑其亲笔所写。

　　我看到这幅字很不解，问郑其，郑其微微一笑，说这两字有镜子的作用。

　　镜子？我走到那两个字跟前，左看右看上看下看，看不出和镜子有什么联系。

　　我和郑其是同学，念高时，他经常最后一个到食堂，买两个实心馒头填肚子。

　　郑其是苦出身，他的父母在他很小的时候就去世了，是婶婶把他拉扯大的。这位婶婶不错，虽然生活拮据，但一点不刻薄郑其，把他当亲儿子看待，因此郑其叫婶婶作二娘。

我家里条件还行，我妈妈会让我带一些麦乳精之类的营养品，我总不忘给他也冲一杯。

他坚决不要。我说："是兄弟不？是的话就陪我一起喝。"

他只好喝了，眼睛里满是感激。

我很开心，因为一个懂得感恩的人是值得交往的。

郑其二娘隔段时间就给他送些自家的土鸡蛋。

他二娘总是一脸笑模样看着他，眼睛里满是疼爱。

这些鸡蛋，郑其当然也会给我吃，我没有推辞，我知道郑其不喜欢欠人情，更不喜欢被人怜悯。

郑其很用功，考上了政法大学，现在已经是市人民法院院长。

前些年，他二娘的独子郑虎犯事蹲了监狱。按理说，他可以伸手帮一把的，但他没有。

私底下我觉得他有点过于冷漠了，毕竟他二娘对他有养育之恩。他说："法律容不得私情，更不能姑息养奸。"

据说郑虎服刑期间，郑其好几次去乡下，想说动他二娘到城里和他一块儿住。

但他二娘拒绝了，也许是心里有气吧。

郑虎吃了五年牢饭，出来后懂得分寸了，现在继续做他的建筑生意，没有再生过事端。

我今天来找郑其，是心里有事。我说："郑其，咱们晚上一起吃个饭，我有件事想听听你的意见。"

郑其说："可以啊，下班后上我家。"说完给他爱人打了个电话，让准备晚饭。

我说："麻烦嫂子干啥？咱饭店吃，叫上嫂子一起。"

郑其笑笑说："我从不在外面吃饭，这是你嫂子给我定下的规矩。"

我说："那好吧，顺便认认门。"

因为大家都忙，我和郑其都没有到过彼此家里，平时多数是电话联系。

一进门，我就看见他家客厅的墙上同样挂着"钩子"两个字。

我笑着说："看来你这镜子家里也有啊。"

郑其说："当然。家里这镜子更重要，一家人都需要。"

郑其家不大，也就百十个平方的样子，简单装修，整理得很整洁，干干净净敞敞亮亮。

郑其爱人在厨房忙碌。

郑其给我倒了一杯茶，普通炒青，倒也香气扑鼻。

我说："兄弟你和我说说这'钩子'的意思吧。"

郑其说："你还记得咱们一起钓鱼的事情吗？"

我当然记得。那是一个暑假，我在家闲得无聊，就跑去找郑其钓鱼。

郑其老家那条小河特别清澈，小鱼儿优哉游哉水上游，我正要下钩，郑其说等一下。

他伸手抓了一把菜饼粉，撒进河里，说能够吸引更多的鱼过来。

那次我们钓到了很多鱼。

那些鱼都被郑其的二娘做成了餐桌上的美味。那味道真叫一个鲜啊！

郑其说："鱼为什么会上我们的钩？因为它们想要吃到美味，

结果成了我们的美味。我们身边其实也布满了各式各样的钩子，只要我们心里有贪念，就会被钩住，一旦被钩住，你说后果会是什么？老同学，你这住建局主任，要小心啊！"

我看着那两个字，眼前仿佛有无数个钩子向我伸过来，额头不由自主沁出了细小的汗珠。

我的小舅子看上了芙蓉雅苑的一套三居室，开发商张大头给了他成本价，明天签售房合同。是张大头打电话和我说的，他说："李主任，小事一桩，咱们来日方长。"

接着小舅子也打来了电话，喜得不行。

我觉得心里没底，就想到了郑其，请他把把脉，会不会有什么后遗症。

现在看来这就是一个钩子啊！

我立马打电话给张大头，说："我小舅子买房子按照正常价格，否则，我只能如实向纪委汇报了。"

郑其笑着冲我伸出了大拇指，说："你不是说有事？"

我在郑其肩上拍了一掌，哈哈一笑，如释重负地说："现在没事了，你帮我解开了。"

回到家，我也写了两幅"钩子"，一幅挂在办公室，一幅挂在家里的客厅。

时时对照，刻刻提醒。

优
秀
奖

承　诺

⊙ 王苏华

"办事的人都哪去了？有人吗？"李宏看了一眼"群众的事就是我的事，我承诺全心全意地为群众服务"的标语牌，着急地敲着街道办事处的柜台。

李宏的母亲原来是小山村里的妇女主任，跟着丈夫一起进了城。李宏的父亲因为伤残，很早就病逝了。母亲拒绝了部队上的照顾，在街道工厂做了缝纫工。母亲微薄的工资不仅要养活哥哥和他，还要贴补在乡下的爷爷奶奶。后来街道工厂倒闭了，母亲再一次拒绝了组织上的照顾，利用自己的手艺在家里开了个缝补店，又做了街道上的清洁工，勉强维持生活。

父亲离世的时候他刚记事，和哥哥一起站在父亲的身边。父亲睁大眼睛对着母亲说："别……别忘了……我们……"母亲赶紧把哥哥揽在怀里，用力地点点头，父亲才闭上眼睛。李宏初中一毕业，就被母亲送到了爷爷奶奶身边，成了村里不多的男劳力之一。后来村里确定宅基地归属时，母亲又把他的户口迁回了村里。李宏成了农民，他的哥哥却是城市户口。

李宏是从心里埋怨母亲的，因为村里的生活太艰苦了。故此每次哥哥和母亲回家探亲，他都会躲出去不见。爷爷奶奶去世之前，都死死地拉着他的手说："宏儿，你要原谅你母亲呀！她可是太苦啦！"李宏却号啕大哭着，丝毫不理睬身边痛哭的母亲。

这次母亲生病住院，哥哥几次让侄女小燕来接他，他都拒绝了。直到医院下了病危通知书，他才勉强跟着侄女一起来到医院。

李宏静静地望着病床上，被各种仪器困住的母亲。母亲看到他眼睛一亮，却哆嗦着嘴唇说不出话来。她示意在一旁的小燕从枕头下拿出一封信来，然后用颤抖的手轻轻抚摸了一下，又颤抖着递给李宏。李宏没有伸手去接，他知道这可能是母亲的遗言了。但是他非常害怕母亲会告诉他什么事情，所以他转身就要离开。

小燕一把拉住了他："叔叔，奶奶一直在念叨您，您就看一眼奶奶给您的信吧。"李宏没办法，只好转回身来接过这封信。里面有两张纸，他定睛一看，上面那张竟然是封公函。信的抬头是李宏所在村子的村委会，内容是询问一个叫李铁山的烈士是否还有亲人。他的爱人也牺牲了，留下了一个孩子。落款是郑州某荣军院。李宏的心跳立刻加快了，暗想：怨不得我被母亲送回农村；怨不得父亲托孤时母亲只搂着哥哥；怨不得爷爷奶奶让我原谅母亲，看来我就是那个遗孤了！

李宏不由得火冒三丈，把信扔到了地上，转回头来刚要质问母亲，却发现母亲的脸上如释重负的表情僵住了，紧接着旁边心跳监视仪上的线条变成了直线。小燕大声哭了起来，医生和护士们都涌了进来。一位护士捡起地上的纸张，塞到了李宏的手里，把他推了出去。

李宏脚步沉重地走到楼道里。他低头看了看手中的信，忽然发现另一张纸的抬头是"李宏吾儿"，他赶紧看了起来："李宏吾儿，我知道你非常恨我，怪我把你变成了农民。但是你要知道，李铁山是你父亲带他去参军的。你父亲接到村里转来的这封公函以后，立刻去郑州接回了你的哥哥。我们曾经商量过，等你哥哥长大了就告诉他真相。你父亲临终时还要求我遵守承诺，一定要还给村里一个男劳力。但是，我怎忍心让烈士的孩子回到那穷山村里？所以我的儿，你千万不要怪我，也要原谅你的哥哥，他到现在也不知道呢。"接下来的空白处没有落款，却有一些暗黄的痕迹。

"妈妈，妈妈！"李宏扑进了屋子，扑在已经蒙上白床单的母亲身上泣不成声。小燕一边哭一边说："叔叔，我爸爸好几天都没来看奶奶了。他说街道组织了扶贫济困工作队，年轻人都下乡了，他要在街道值班。您去告诉他一下吧。"

李宏慢慢止住哭泣，站起身问清楚地点，十几分钟就来到了街道办事处。可是他等了半天也没见到有人出来，不由地嚷了起来。正在这时，从柜台后面的办公室里，跑出来一位头发花白的工作人员。他看到李宏愣了一下："弟弟？你……"

李宏号啕大哭起来："哥哥呀！咱妈没了！"

不速之客

⊙ 王培静

　　郑局长晚上散步，正好路过单位院子。往常，他有时会到办公室里坐一会儿，休息一下，主要是静静心。快到单位门口，他驻足想，今天去不去办公室呢？他今年五十有九，快退了，这办公室也是来一次少一次了。这样想着，他不由自主地走了进去。

　　炎热夏日的夜晚，没风，湿度大，衣服耍赖似的紧紧贴在皮肤上。进了二楼走廊，郑局长感觉身上好受了许多，到了自己办公室门口，正伸手掏钥匙，忽然发现，门上小窗户透出了灯光，他想，下班怎么忘记关灯了呢，自己是应该退休了，看这记性。

　　推开门，他一下子怔住了，沙发下居

然坐着两个人，他以为进错了办公室，刚想说对不起，但又想，不对呀，就算是别人的办公室，人我也是认识的呀！

"不认识我们是吧，大局长，我们是市纪委的，赶过来晚了些，在这儿候您多时了。我叫时来，这位是我的领导熊组长。"两人中那位二十多岁的年轻人说。

"进来吧，关上门。知道我们为什么找你吧？"被称为领导的中年人一只手敲着沙发扶手问。

郑局长脑子里一片空白，小声嘀咕道："不太明白。"

年轻人说："想想，再好好想想，当局长这些年都干什么了？"

郑局长向办公桌后的椅子移动。

中年人说："唉，唉，别往那走了，我代表组织告诉你，从现在开始，那个座位就不可能再归你坐了。还没有认识到自己问题的严重性，是吧？"

郑局长停下脚步，分别看了两人一眼，脸上现出一丝笑意说："你们要是市纪委的，应该找县纪委或县组织部，怎么直接找到我办公室来了？我的问题有那么严重？你们有什么手续吗？"

"实话告诉你吧，你的问题有人向市纪委反映了，领导非常重视，让我和熊组长马不停蹄赶过来了。手续明天给你们县组织部和纪委，也不可能给你，你就考虑考虑怎么交代自己的问题吧。"年轻人一本正经地说。

中年人严肃地说："想不好先不说也可以，把你的写字台抽屉、柜子都打开。"

郑局长思索了一阵，进行了一番思想斗争，换了副口气说："两位领导，你们大老远地从市里赶来，让我请你们吃个饭总可以吧。至于我的问题，让我好好想想，再向两位领导汇报，行不行？"

"吃饭是小事，先把写字台抽屉、柜子都打开。"

"你们看，我是出来散步，身上没带抽屉、柜子的钥匙，只带了门上的。要不，我回家去拿钥匙，行不行？"

那两人交换了下眼色，中年人严厉地说："可以放你回去拿钥匙，但市纪委找你谈话这件事情，千万不要告诉任何人，包括你的家人，把家里不是自己的东西一块带来，这样或许对你的处理结果好一点，明白吧？"

"你连去带回需要多长时间，半个小时够不够？"

"明白，明白。够了，够了。"

"那我们在这儿等你，组织上再信任你一次，你应该知道怎么做。"

"知道，知道，我可以去了吗？"郑局长毕恭毕敬地问道。

"去吧，快去快回。"

"别耍什么花样，你知道党的政策是'坦白从宽，抗拒从严'。"年轻人说。

已经走出门的郑局长答道："请领导放心，我知道。"

半个小时后，几个公安破门而入，屋里一片狼藉，那两个人欲跳窗逃跑，被抓了个正着。

郑局长早看出这两个货是什么好东西了，虽然自己是部队的侦察兵出身，现在这胳膊腿也不如从前了，不能和他们硬来，所以想了个计策。

媒体一介入，郑局长快退休的人了，又火了一把，网上醒目的标题是"为官两袖清风　为人一身正气财政局局长郑春风智斗'不速之客'"。

麻雀的命运

⊙ 唐波清

　　猛然，男娃儿屏住呼吸，一只灰褐色的小麻雀慢慢靠近竹筛……

　　男娃儿闪电般地一拉细麻绳，小麻雀便成了筛中之物，一根红毛线套住小麻雀的小细腿。男娃儿从小就这样捕捉和玩弄小麻雀。

　　小麻雀的命运始终掌握在男娃儿的小手上。

　　男娃儿有个小名儿，村里人管他叫麻雀。男娃儿的脸蛋上长满密密麻麻的斑点。女人们说："娃儿捉小麻雀，娃儿玩小麻雀，肯定会长麻雀斑。"

　　麻雀的作文写得顶呱呱，老师每次给他打一百分，可他有些偏科，数理化一塌糊涂。高考那年，麻雀就像那只灰褐色的小麻雀一样，死死地套牢在竹筛里面，落榜的麻雀就有想死的心。

已经是大小伙的麻雀，郁闷地趴在大槐树下，捕捉了一只灰褐色的小麻雀，麻雀的双手扣着小麻雀的脖子，仅仅露出小麻雀左右晃动的小脑袋。

那天，学校里派来人，通知麻雀上北京参加全国"雨花杯"作文现场决赛。学校的人自豪地说："高考前，麻雀代表学校参赛的作文在初赛中一举夺魁。"

麻雀面如死灰地回话："咱都落了榜，还参加啥决赛？不去！"

麻雀的爹是村里的民办老师，算是个文化人。爹莫名其妙地说："小麻雀只要不贪玩，自由和飞翔就永远属于它。"

爹的话刚刚说完，捧在麻雀手里的小麻雀，一阵挣扎，一个仰冲，天空中划出一道优雅的弧线。

麻雀代表学校飞到北京。决赛是现场作文，在一个小时之内，写一篇关于动物的励志作文。麻雀下笔如有神，一篇议论文《麻雀的命运》赢得全国决赛冠军。

麻雀上了电视，麻雀出了名。南京的河海大学破格录取麻雀。

麻雀，读完了大学。麻雀，安排了工作。

麻雀在县政府办当秘书，专门替县长们写材料。麻雀的材料写得顶呱呱，县长们很满意，可他性格内向，不爱搭理人，同事们说麻雀就是高傲，麻雀就是恃才。

没过两年，县政府办精简改革，麻雀难逃此劫。麻雀就像那只灰褐色的小麻雀一样，死死地套牢在竹筛里面，被县政府办辞退的麻雀就有想死的心。

麻雀回到老家，麻雀只想趴在大槐树下捕捉一只小麻雀。

正当麻雀捕捉小麻雀时，县政府办派了一辆黑色小轿车，说是要接麻雀赶回去，请他写个重要材料。

麻雀面如死灰地回话："咱是被辞退的人，还写个屁？不去！"

县政府办的同事无可奈何地说："这个材料至关重要，那可是在全国爱鸟节论坛上的发言材料，先前上报的好几稿都被组委会打回来。县长发了狠话，唯有你才能捉刀。"

蹲在一旁的爹自言自语，莫名其妙地说："小麻雀只要不贪心，自由和飞翔就永远属于它。"

麻雀坐着黑色的小轿车回去了。麻雀下笔如有神，一篇调研文章《麻雀的命运》摘取全国爱鸟节论坛最佳材料奖。

县长批示，这人不能辞退，要重用。麻雀当上县政府办秘书科副科长。

在以后的日子里，科长、副主任、主任、副县长，麻雀的仕途一路畅通。

位高权重。腐败的事情就有可能发生。有一天，有一个人，匿名举报副县长麻雀。

麻雀听到风声，心慌意乱，躲回老家。

年迈的爹，从老屋子里找出捕捉小麻雀的家什儿——竹筛子，短木棍，长麻绳。爹默默地领着麻雀去了晒谷场，就在那棵大槐树下，爹示意麻雀像小时候一样趴下。爹在晒谷场中央撒了一把谷子，短木棍巧妙地斜撑着竹筛，那条足有十多米长的细麻绳，一头拴在短木棍上，一头缠在爹的手里。

　　那天，奇怪，居然没有捕到一只小麻雀。先后飞来好几只小麻雀，可每每靠近竹筛子的边缘，它们就警觉地飞走，一声叫唤，一个仰冲，天空中划出一道优雅的弧线。

　　趴在地上的爹自言自语，莫名其妙地说："小麻雀只要不贪吃，自由和飞翔就永远属于它。"

　　猛地，趴在地上的麻雀，从爹的身旁，一跃而起，匆匆回了县城。

　　第二天，麻雀向纪委递交一份悔过书《麻雀的命运》，主动申请辞去副县长职务。

　　随后，街面上这样传说，背后人这样议论：鉴于主动交代，积极退赃，问题较小，影响不大，麻雀尚可保住饭碗。

亮　相

⊙ 谢志强

　　我和丁咛是朋友，他是艾城电视台法治节目的制作人、主持人。一周一期，我是那个节目的忠实观众。

　　不料，内部出了一个爆炸性新闻，不是电视台，而是电视台的主管部门——艾城广播电视局本部的领导班子，被一锅端——留置。

　　五个领导班子成员，受贿金额不等。唯有副局长陈耕第三天出来。他的数额少，提前听到隐约的风声，就主动如数交出了赃款，且态度好，说清楚了。他说："大家都在拿，他知道不该拿，可是，他要不拿，就不合群，多的不敢拿。"

　　陈耕的名字，名副其实，取辛勤耕耘之意。祖祖辈辈都是泥腿子，他当过生产队队长，给社员派活，没人提出过异议，因为他是种田的好手。后来，他进了公社的领导班子，仍经常跑田间地头，总是卷起一截裤腿。二十世纪九十年代，他当了乡长。后又进了市级部门，最后，当了广播电视局的副局长。他分管乡镇广播站。有人说，他采取的管理方式，很像生产队。穿着皮鞋，有时，他习惯性地卷起裤腿。

有一次，丁咛说："陈局，你要下田插秧呀？要么，坐我的采访车，一起深入农村采访吧，那可是你的老根据地。"

陈耕说："不妥，不妥，我不分管你们这条线，不在其位，不谋其政，不可越位。"

丁咛告诉我，陈副局长不抢镜头，不出风头，很低调，凡是第一把手拍板的事儿，即使他有异议，也保留个人意见。不折不扣地执行。不过，他也不能允许别人插手他分管的那条线，就像生产队队长管理一片地、一群人。

陈耕出来第一天，就到电视台定点的美发店，修整了头发——竟有白发了。

丁咛是那里的常客，他说："吃这碗饭，主持节目，要有个好形象。"

按丁咛的说法，陈耕的头发，经过整理，还染了，苍蝇叮上去也要拄拐杖。

广播电视大厦，局和台都在一幢楼里，共九层，意为"直冲九霄云天"。陈耕做了一件事：每个楼层，每间办公室，都走了一遍，像新上任视察环境那样。

他每到一间办公室，若对方起立，他会微笑着做一个"坐下"

的手势，不说一句话，然后离开。电视台采访部在二楼，陈耕和每一位记者握了手。丁咛觉得，像是某个市里的分管领导来慰问一样。陈耕甚至抚摸一下摄像机，点点头，好像是肯定摄像机做得不错那样。

不指示，不说话，很多人不理解陈耕的行动。丁咛对我说："那叫公开亮相，意味着他没事，就如同外边谣传某个市级领导出了事，就安排一个机会，让他上新闻，以此辟谣。"

据说，市委组织部正在研究该局领导班子大换血。陈耕有自知之明，毕竟有污点，给个处分已算是上上大吉了。何况，再过两年就退休了，而且，他已带了括弧——享受正局级待遇。不管怎么说，算得上"安全着陆"了。

一天，阳光灿烂，在楼下的停车场，记者们正准备出发，有的打的，有的骑摩托，有的乘公交。丁咛的法治节目有一个团队，三个人，乘采访车。

陈耕站在停车场前。丁咛发现，他的裤腿卷起来一截，俨然是生产队队长的样子，不过头发反射着阳光。腿和头不配套。他指名道姓，谁谁去哪个单位采访，谁谁去哪个会场采访。纯属多此一举！记者们早已在采访部的粉板上认领了自己的任务——那都是工作惯例。陈耕派的任务已由采访部刘主任按惯例写在粉板上了。

陈耕说："丁咛，你们去法院。"

丁咛邀请道："陈局，您也关心一下我们这一档节目吧，有您挂帅，顺理成章，以示重视。"

陈耕说："今天我有事，脱不开身。"

纪委已将该局的受贿案移交给了法院，法院开庭审判——在那里集体亮相。

我看了那档法治专题节目。可能陈耕也看了。我说："丁咛，你请陈局一起去，那不是哪壶不开提哪壶吗？"

丁咛指指头顶上的天空，说："上边指令做一个专题，我也不知道怎么了，张口就邀请，要是他去了，大家就都尴尬了。"

我说："陈局在行使自己的职权，毕竟他是第一次也是最后一次管理你们电视台，机会难得，找个感觉吧。"

一条血鹦鹉

⊙ 刘艳华

　　它是一条红鹦鹉鱼。

　　它被主人放在另外一个水盆里。

　　看一眼自己的容貌，它被吓了一跳，什么时候成了这个样子！圆鼓鼓的身躯如一个随时燃成灰烬的火球，又像一滴刚挤出血管的大血滴。肌肤通红，透明发亮，一触即破。

　　主人的意图很明确，它不怪他。它将随时爆溃，他怕它已经开始腐败的身体污染整个鱼缸。他一直往水里放盐，他希望能帮它缓一下。按往常，放这么多盐它会毫不犹豫地吐出泡泡表示抗议，现在他即使把它腌成咸鱼干它也顾不得。它不停地大口喘着气。已经三天三夜，鼓胀的腹部越来越紧迫地顶住它的腮门，它的呼吸越来越弱。浑身酸疼如锥扎如蚁啮。它挣扎着用力摆动尾巴，它明白一旦停止游动，它的肚皮就会上翻。它仿佛看到主人很嫌弃地用戴着手套的手把它的尸体扔入臭烘烘的垃圾车。

它不想死。

可是，死已成定局，它已经走上不归路。伤痛之余，它开始反思……

六年前，它被主人用一个精巧透明的塑料桶提回家。一起进入这个家门的还有小蜗牛、小锦鲤、小黑魔……这些名字是主人对它们的昵称，它们都是被层层遴选的。那时的它，轻巧而清纯，大眼睛，小嘴巴，尾巴和鳍像几把精巧的小香扇优雅地摆动，时而跃出水面做游戏，时而潜入水草静思鱼生。它像一道闪动的小火苗，笑看世界变幻，阅历世间百态。为保持妙曼的身段，它对饮食很节制、很挑剔。它高傲冷艳，活成水中一股清流。

后来，主人用美食引诱它，意志薄弱的它被一点点撬开嘴巴。当得知主人喜欢体态丰满时，它开始大吃大喝。水虱、草履虫、蚯蚓……都是它的盘中餐。

它慢慢长大，主人也越来越钟爱它，每一次投放鱼食时总是投在离它最近的地方。它恃宠而骄，粗鲁地把别的鱼都推开，独自吞下许多鱼食。

溶氧和光照一样也不能少，也在争夺之列。

β-胡萝卜素是红鹦鹉专用饲料，也必须抢占先机。

特别是投放盐水虾时，它更是冲在最前面，因为盐水虾不仅提供必需氨基酸及微量元素等营养物质，还可使红鹦鹉保持全身通红，鲜艳无比，它拼尽全力如饿虎扑羊般大快朵颐。

渐渐地，它体态丰盈，红艳似火。

主人宠爱有加，每天回来总要到鱼池旁观赏，那种亲热劲恨不得自己钻到水里抱着它。

为进一步讨好主人，它还自创一套新奇的回旋跳，主人惊喜地称之为"跳龙门之纳莫弯"，他在家里宴请朋友时，总要让它表演一翻。也真给他长脸，它每一次空中跳跃，都收获一片惊呼声，同时还得到主人的特殊奖励——独享一份美味大餐。

那时，它觉得头上戴着世界上最耀眼的光环。

再后来，它长成一条大鱼。主人把它移到更大的水池。碧草青青，假山环水，喷泉射水如天女散花，后面衬托大海的背景，不知不觉，它滋生了"海阔凭鱼跃"的雄心壮志。欲望越来越膨胀，它觉得这个鱼池已经盛不下自己。

身体越来越肥硕臃肿，它感觉到明显的笨拙，各种表演已经达不到预期效果，主人开始流露出失望，他的朋友也嘲笑着摇头。

一天，孤注一掷的它，发疯似的赶走同伴，把主人投放的食物全部吞下。它的肚子猛然鼓起来，越鼓越大，皮肤薄如蝉翼，每一根血管都"突突"地跳动，里面流动的血液清晰可见，终于成为一条随时可能溃堤的血鹦鹉。

为了挽救它，主人拼命地加盐，再加盐，这也许是主人拯救它的唯一方法，岂不知盐会使膨胀的机体更加膨胀。这时候，它从主人的眼神中感觉到惋惜和无奈。他已经移情别恋。死神一步步向它逼近，它的血液开始燃烧。

一切都晚了。它开始怀念当初的自己，怀念那道清纯而又天真无邪的小火苗。它在心里默默地祝福它的同伴小锦鲤，小精灵，小海牛……

　　这时，它突然惊恐地看见，美丽的小蝴蝶也被主人放进来……

刘柳的爱情

⊙ 伍月凤

周六，刘柳吃完早餐，正想去单位加会班，父亲一步抢到门口，拉她坐回沙发。

父亲从兜里掏出一张小纸条塞到女儿手里，语气是掩不住的埋怨："整天就是工作工作，人生大事不考虑了？这是大姑给你介绍的男孩子，说是不错，今天你无论如何也要去见个面。这是他的手机号码，你存一下。"

刘柳乖巧地接过纸条，当着父亲的面加了对方的微信。刘柳知道，作为县纪委监委刚提拔的纪检监察室主任，工作上，她能让大家心服口服，一是凭她政法大学毕业，政策通业务强，工作中得心应手，二是凭她工作时有一股子拼劲儿，雷厉风行，有魄力敢担当。可事业的成功让父母高兴之余更平添了担心——眼看都二十九岁了，独生女依然待字闺中，父母加快了催婚的步伐。

刘柳和杨钢微信聊了几天，感觉不错，便约着一起看电影。杨钢人如其名，外形俊朗，笑容如一缕阳光，温暖明媚，让刘柳的心跳忍不住快了几拍。

杨钢告诉刘柳，研究生毕业后，一直在上海工作，最近父母让他回家，并托朋友为他介绍女朋友，想让他留在家乡成家立业。

刘柳想问一下杨钢父母的情况，怕第一次见面，太冒昧了，没好意思开口。

杨钢对刘柳一见钟情，开启了追求模式。上班早送晚接，下班请吃饭、陪逛街、看电影，殷勤而周到，刘柳的业余生活多姿多彩起来。爱情让刘柳心里甜蜜之中又免不了生出几许无奈。从前她一心扑在工作上，加班加点是常态，因为了无牵挂，她也享受其中。可是，最近刘柳接手了一个案子，县住房和城乡建设局副局长杨友臣被人举报，涉嫌在一个工程建设项目上违纪违规。县纪委监委对此展开调查，刘柳和同事忙着开展外围调查取证工作，加班在所难免。刘柳委婉地让杨钢最近不要来找她，怕他误会，承诺等忙完这段就陪他见父母。

杨钢问道："你们办一个案子一般要多久？"

刘柳想了想，安慰他说："看案情吧，简单的一两个月，复杂的半年左右。"

"那立案之后还可以撤销吗？"杨钢追问。

刘柳疑惑地看看杨钢，摇摇头，反问："你今天怎么了？怎么问这些问题？"

"没什么，关心你嘛。"杨钢迟疑一下，笑了笑又问："留置有什么要求？"

刘柳心里"咯噔"一下，反问："你是不是有事儿要说？"

杨钢张张嘴巴，欲言又止。最后，他轻叹口气，说："没事儿，你忙你的。放心吧，你安心工作，我不会打扰你的。"

刘柳看杨钢离去的背影，一副心事重重的样子，心里也有些不舍，只希望这个案子能早点结案，她好早点联系杨钢。

案子果然很快就结了案。杨友臣非常配合，主动交代了所有问题。在工程招标过程中，他碍于同学情面，为其提供了一些方便。两个多月后，根据杨友臣的违纪违规情况，依据《中国共产党纪律处分条例》《中华人民共和国监察法》有关规定，杨友臣受到留党察看一年、行政撤职的处分。

结案之后，刘柳心里五味杂陈。她在调查取证过程中得知，杨钢竟然就是杨友臣的儿子。杨友臣知道儿子在和刘柳谈恋爱，恳求儿子向刘柳说明情况，希望能网开一面。不承想，儿子不但没有向刘柳透露他们之间的关系，反而要求他主动向组织交代问题。

结案后，杨钢没有主动联系刘柳。隔几天，刘柳在微信里对杨钢说："对不起，这是我的工作，希望你能理解。"杨钢回复个握手的表情，却再无二话。刘柳也不知道要说些什么，她感觉这件事将是横在两人之间的一道鸿沟，也猜想，杨钢应该离开家乡重回上海了，便狠心删除杨钢的微信，转身投入到自己热爱的工作中。

两年后，县纪委监委从律师事务所邀请专业律师面向全县举办普法讲座，刘柳看到，坐在讲座席上的，竟然是杨钢。

　　杨钢看向刘柳的目光，笃定、自信、热烈，挂在脸上的微笑，也是刘柳最熟悉的。

头茬梨

○ 李圣安

　　杨强有两个爹，一个亲爹，住在村尾；一个干爹，住在村头。

　　半年前，杨强被提拔到金潭县当副县长。今天第一次回老家，放在旧时叫衣锦还乡，他别的什么都没带，只捎了两箱天桂梨。天桂梨是金潭县的特产，个大体圆，脆生生、甜丝丝、水汪汪的，阳历七月初上市，是梨中的珍品和早熟品种。炎炎夏日，咬一口天桂梨，生津解渴，消暑降温，那才叫爽。

　　杨强先看望干爹。干爹坐在厅堂中央，没精打采，目光呆滞。天花板下的吊扇，刮起阵阵微风，将他干枯的头发吹得乱糟糟的。

　　杨强大喊一声爹，干爹眼睛放光，顿

时来了精神。

杨强掏出钥匙，划开了纸箱，一个个天桂梨探出黄灿灿、圆溜溜的脑袋来。杨强随手拿起一个，送到干爹面前，说："您看，金潭天桂梨，好吃得很嘞！这可是头茬梨，还没上市的，让您尝尝鲜！"

始料未及的是，杨强的话还没说完，干爹哇哇大哭，歇斯底里地叫起来："你不是我儿子，是你害死了我的儿子！"

杨强顿时手足无措，不知如何是好。往事像看过无数遍的电影，又一次在他脑海里放映。

三十多年前，干爹在乡里当副乡长。在乡亲们的眼里，副乡长可是个了不起的大官，体面光鲜，能耐厉害着呢！事实也如此，龙乡长的家，头一个买彩电，头一个用冰箱，头一个装电话，头一个造洋楼，干啥都讲究头一个。

杨强和龙乡长的儿子龙天生，是最要好的玩伴，没事儿总在一起淘气。那年夏季的一天，两人结伴去池塘戏水。不知什么缘故，没扑腾几下，龙天生大喊一声救命后，就一个劲地往下沉。杨强游过去拉一把，龙天生就拽住他不放，结果两人都沉了下去。

田里劳作的乡亲，被呼救声催赶过来，费了好大的功夫，才将他们拖上了岸。不过为时已晚，俩孩子都没了气息。

呼天抢地的哭声，叫人肝肠寸断，悲痛万分。旁人一边抹泪，一边劝说："人死了不能复活，还是尽快入土为安，让孩子早点投胎吧！"两家大人才擦把眼泪，送孩子去了火葬场。

龙乡长认识火葬场管事的，他要为儿子争取烧头炉。老杨知道争不过他，也根本没想跟他争，心说孩子投胎也不赶这点时间，何况车子还是龙乡长叫的。老杨伏在儿子身上，忍不住又伤心痛哭，哭一阵拍打一阵，不停地哽咽道："你怎么就这样走了？叫你爹妈怎么活哟！"突然，孩子的肚子鼓了一下，接着又打了一个响嗝，他的神经跟电击了一般。不一会儿奇迹出现了，孩子吐了一地污水，慢慢睁开了眼睛。老杨欣喜若狂，抱起孩子连打几个转转。猛然间，他一个激灵，想起了什么，把孩子交到老婆手上，撒腿就往火化间冲。他拼命地跑，使劲地喊："等会儿，等会儿！"可是已经来不及了，火化炉里火光熊熊，一声惨叫过后，就没了动静。

老杨呆呆地站在那里，只觉得天旋地转。这时他听见扑通一声，龙乡长当场昏死过去。

从那天起，龙乡长就疯了，见到杨强就喊儿子。听到喊，杨强就答应，从此认了这个干爹。亲爹给了他的命，干爹救了他的命，他把干爹当亲爹，时不时地上门探望，逢年过节人到礼到，有亲爹一份的，也有干爹一份。

杨强被干爹缠得不行，老杨赶过来解了围："龙乡长，你怎么糊涂了？他就是你的儿子嘛。"龙乡长睁开迷离的双眼，一会儿号啕大哭，一会儿哈哈大笑……

弄清事情原委，老杨责怪儿子："你怎么哪壶不开提哪壶呀？他的病时好时坏，受不得半点刺激，你咋就不长记性？"

接着老杨话锋一转，脸色格外凝重："那头茬梨不便宜吧？给钱了啵？咱们可不白吃这个头茬梨，白吃头茬梨，骨肉要分离。"

"爹，我懂了，记住了，今后决不为谋私利赶头茬。您说，我在县里负责扶贫工作，又挂钩了几户贫困户，他们的天桂梨，我不带头吃谁带头吃？不过您放心好了，您儿子没这么贪。这两箱梨五百块钱，全是我自己掏的腰包。"说罢，杨强抓起一个梨就往老杨手里塞……冷不防，一只大手奋力夺走了那个梨，同时伴着一声吼叫："是我的头茬梨，还我的头茬梨！"

万民伞

⊙ 张爱国

过了皖水桥，就算离开舒州府了。骆清樟悄悄掀开车帘向后看，晨曦朦胧，偌大的舒州城依旧沉浸在冬梦里。

"老爷快看，前面——"车夫骆山忽然低声惊叫道。

骆清樟急忙向前看，皖水桥头，影影绰绰一大片人。骆清樟不由地慌乱："骆山，我们怎么办？"

人群突然叫喊着涌来："别跑，跑不掉啦！"骆清樟急忙下车。舒州城最有声望的石员外已跑到跟前，甚是得意："跑啊，还跑啊？"

骆清樟向石员外一抱拳："石员外，这是为何？"

"你好不厚道！离开我舒州府，怎的

也不和我说一声？"说话的年轻人满脸气愤。

骆清樟一笑，对年轻人一鞠躬："大毛，骆某饮舒州水，食舒州粮，叨扰舒州乡亲八年了，此次还乡，万不敢再有分毫打扰！"

"你这说的什么话？不是你，我大毛还能在这里说话吗？"一位老妇人好不容易挤过来，指着骆清樟的鼻尖，甚是激动，说："你说，是不是？"

石员外轻轻按下老妇人的手，笑道："听你娘俩说话，还以为骆大人害了你们呢。"

"员外老爷好不会说话！不是骆大人，我娘俩……"老妇人已满脸泪水，拉上大毛扑通跪下，说："骆大人，你叫我娘俩如何谢你啊……"

骆清樟急忙弯腰来拉，石员外伸手拦住，对母子俩厉声道："刚才和你们怎么说的？不许下跪！骆大人不喜欢这一套！"

老妇人起身又从怀里掏出一个包裹，往骆清樟手里塞，说："骆大人，这是我织的几尺布，你带上，回家做件衣裳吧。"

"老嫂子，你是真糊涂还是故意来腌臢骆大人？"石员外一把夺过包裹，"你若再这样，我就让人把你抬回去"！

"老夫人的心意，骆某领了。"骆清樟紧紧抓住老妇人的双手，又对石员外道，"石员外，天已大亮，让骆某快快赶路吧。"

"好！恭送骆大人！"石员外一挥手，人群让出一条笔直的道，与此同时，震天的锣鼓声夹道而起。

"谢谢！谢谢舒州父老……"骆清樟弯腰抱拳，快步走去。

"老爷，看，前面——"牵着骡车的骆山又叫道。

骆清樟抬头一看，皖水桥头，一把大红伞，高六七尺，伞翼下缀满各色绸布，在朝阳下熠熠生辉。

"石员外，连你也不懂骆某？"骆清樟停下脚步，"骆某何德何能，竟敢配此大德？"

"骆大人，你若不配，敢问这天下还有谁配？"石员外拂拂衣袖，向骆清樟深深一揖，"不说其他，单说面前这条皖水河。多少年了，多少官老爷，征我舒州多少河银，然这河年年决口，年年生灵涂炭。你骆大人未征我百姓毫厘，仅两年工夫，就叫此河安然晏然。"

"石员外，此绝非骆某之功，乃舒州父老……"

"骆大人休得多言，石某就一句话，"石员外语气坚定，"你今日不收此伞，就别想离开我舒州"！

众人跟着大叫："收下！不收下就别走！"

骆清樟一声长叹，刚要说话，人群外传来一个老者的声音："骆大人，老朽不见你一面，死不瞑目啊。"

骆清樟一看，快步跑上去，抓住被人抬在竹床上的老者的手："徐兄，半年不见，你怎么成了这样？病了吗？为何不治？"

"骆大人别管我。你年岁已高，回乡路远，过了冬再走吧。"老者分明是乞求。

"徐兄休要管我。告诉我，你为何不治？为何拖成这样？"骆清樟像是明白了，"莫非你治病无钱？无钱为何不与我说？"

"老朽早该死了，怎忍心再打扰大人……"

"万民伞，万民伞！庇护万民，福荫万民。"骆清樟缓缓走到石员外面前，"石员外，可曾记得，八年前，骆某走马上任舒州府时的那句话？"

石员外慌了神："骆大人，不要在意……"

"骆山，你说！当年我是怎么说的？"

"老爷说，"骆山哭丧着脸，"给我骆清樟三年时间，舒州府但凡有一人食无粮，穿无衣，病无医，老无养，则骆清樟之罪。"

"石员外，众乡亲，骆某任舒州知府已然八年，然舒州竟有人病而无医！你们说，骆某还有何脸面收受此伞？"骆清樟老泪潸潸，扑通跪下，"舒州，我骆清樟有罪……"

不敢回家的男人

⊙ 邴继福

当了多年新闻记者，采访过不少先进模范，受到过无数次大大小小的感动，却从来没有像今天这样，心灵受到如此强烈的震撼！

经过大半天的采访，素材记了一大本，一个个感人的细节，荡涤着我的灵魂。

被采访者所从事职业的危险系数极高，而且保密性强。就是工作做得再好，也不能像其他行业的英模那样，可以在报纸、电视上公开宣传。也就是说，即使工作干得再出色，也只能做一个无名英雄。

十几年来，他曾经受过数十次生死考验，多次与死神擦肩而过。这些，丝毫改变不了他的初心！他常说："既然选择了这一行，哪怕是上刀山下火海，也在所不辞！"

我是个敬业的记者，每每遇到好的素材，就会全身心投入采访和写作。今天是大年三十，鞭炮声已经烘托出节日的气息，我却仍然在聚精会神地采访。

夜幕降临，采访接近尾声。此时，我向被采访者提出最后一个问题："干你这行的时刻都有生命危险，一有紧急任务，经常多日不回家，甚至不能回家过年，家人对你没有意见吗？"

在整个采访过程中，他都是侃侃而谈。听我这一问，就像尖刀插入了他的软肋，他那坚毅、自信的表情立刻消失了，取而代之的是一脸的愧疚和不安。

他低下头，搓着手，半天才涨红脸说："说心里话，这些年来，我几乎把我的全部爱，都献给了我所从事的事业。而对家庭和亲人的关爱，实在是太少太少了。我欠家人的太多啦，已经有好几个春节没在家过了……

今天是大年三十，我本想早点回家，跟家人一起买点年货，好好过个团圆年。可上午忙完工作，下午你又来采访。现在，快晚上八点了，我真想马上回家，但又有点不敢回家。我怕家人不理解我！"

"那我就送你回家吧，顺便为你解解围！"

这话一出口，他立刻紧紧握住我的手说："真是太感谢和麻烦你啦！"

在出租车上，他不停地抽烟，很少说话。我能猜得到，他肯定在默默祈祷：媳妇、儿子呀，请你们理解和原谅我吧！

途中，他下车一趟，不一会儿就回来了，并遗憾地对我说：

"本想给老婆孩子买点小礼物，超市都关门了……"

到了他家楼下，他突然拦住我，说："我先上楼探探家人的态度，如果能理解和原谅我，我就不麻烦你啦……"

不一会儿，他就下楼了，一脸沮丧地告诉我："家里的门锁着，屋里没人，老婆可能领孩子回娘家过年去啦！"

"那你一个人在家多孤独呀，要不，上我家去过年吧！"

"谢谢你的好意，但我不能去！"

一个工作这么出色的男人，家人却不能理解，多让人心痛啊！决不能让英雄流血又流泪，我一定要让他上我家过年。

正当我们相互拉扯时，突然传来一个稚气的声音，"爸爸回来啦？"

原来是他的儿子！儿子身后，是他妻子！

他十分高兴，连忙指着我跟儿子解释："你叔叔怕我孤独，非要让我上他家过年。你们回来了，我就不去了。你们俩干啥去啦？"

"上单位找你去了，没找到！"

他顿时一脸的感动，把儿子紧紧搂在怀里！

看到这温馨的场面，我高兴地想，用不着我再解释了。于是，我告辞了。

我还没走出多远，身后突然传来急匆匆的脚步声。回头一看，竟是他！

"你这是要上哪去？"

"刚才接到举报电话：一伙贩毒分子正在一个宾馆进行毒品交易，我作为缉毒队长，一定要在第一时间赶到现场，把他们一网打尽！”

　　我立即跟他约定，这次任务完成之后，我还要采访他，把这次缉毒行动的结果也写进宣传他的稿件。

　　万万没料到，在这次行动中，他为了营救一位战友，用自己的身体挡住了贩毒分子罪恶的子弹……

闪光的项链

⊙ 王金石

　　办公室主任调走了，主任的位子就空了下来。这个消息是马生出差回来听到的，他心里一喜，接着便整夜里辗转反侧，再也睡不着了。

　　马生想调动一下工作，一直没有机会。这次机会来了却又让他为了难。去年八月十五，马生掂了两条"软中华"高高兴兴地给镇长送了去，本想走动走动，套套近乎，趁自己年轻把文化也往外抖落抖落，做一些让人刮目相看的事。谁知镇长骂他不安心工作，净干些歪门邪道的事，把个马生鼻子差点气歪了。

　　马生不知如何是好，于是便私下里找到好友王乐天，借着酒劲吐露了自己的苦恼。王乐天听了淡淡一笑，道："走曲线救国之路。"马生不解，王乐天附耳低语，暗授玄机。

　　马生连夜赶回乡下，跟妻子伸出了求援之手，媳妇皱了一下眉，沉默片刻，露出微笑，说："钱在柜子里，你用多少拿多少吧。"马生想哭，这钱是媳妇起早贪黑，挑水背粪，经营了五六百棵栗子树换来的收获，现在自己为了仕途……马生心里就是一酸，之后又暗下决心，这次能上则上，上不去就辞去公职，索性回乡下与妻子同甘共苦，经营栗子树。

　　拿到钱以后，马生买了一条项链。那是一条紫色的圆形水晶项链，上面有一个小小的方形纯银吊坠，散发出一种纯洁的光芒，晶莹剔透的紫色，在阳光的照射下闪闪发光。马生望着手中的项链，在想：假如这条项链戴在妻子的脖子上，是不是也很美？妻子曾经可是十里八村公认的美人。马生不敢顺着思路往下想，越想越不舒服。

　　镇长在县城买了新房，还没入住，暂住在马生单位男宿舍左侧第三个门。趁镇长不在家的时候，马生敲响了镇长家的门。镇长夫人捧着项链满脸生辉，眉开眼笑，直夸马生懂事。高兴之余还跟马生说："咱们是自己人，有事尽管说，一定帮忙……"

　　送礼顺利，马生按捺不住激动，心里十分感谢王乐天，相约晚上喝几杯。

　　人逢喜事精神爽。几杯下肚，马生仍无醉意，还想继续，却被王乐天强行制止，两人分手各自回家。远远地看到镇长挑帘进门，马生眼睛一亮，紧走几步，悄无声息贴在了镇长家窗根下，只可惜镇长家的窗是塑钢双裁口，无论他把耳朵支棱起多高，里面的声音也一点听不到。

马生无奈，想离开，屋子里传出杯子的破碎声，这回不用贴在窗根下，也听到了镇长的大嗓门："好你个马生……"

一句没有说完的话，那语气也让他一下子瘫坐在地上，浑身一点儿力气都没有，脑门儿上冒出了汗珠。

第二天马生来到文化站，看到被自己打理得井井有条的书架和琳琅满目的图书，不免潸然泪下。他把自己多年发表作品的样刊打成了捆，引颈长叹。想想自己在镇文化站工作了七年，曾经也摩拳擦掌，准备为乡村文化建设推波助澜，可文化站是靠伸手讨米下锅的，镇政府所有企业除了关门大吉的，就是死气沉沉的，自己还养不活自己，哪有多余的钱给文化站折腾？

马生写好辞职信已近中午，镇里的通讯员过来了，递给马生一个文件，眨了眨眼，说："咱是好哥们，以后照顾点。"什么意思？马生有点莫名其妙，随手展开递过来的文件。是任免文件，内容是免去自己的站长，即日起担任办公室主任。

没有不吃腥的猫。马生郁闷的心情豁然开朗。明白了那条项链起到了决定性作用。

下班了，马生满脸春风。见到镇长夫人在门口站着，忙走几步。镇长夫人菩萨般的笑脸恭喜马生。马生不失时机表示感谢。镇长夫人随手递给马生一个兜儿，说："老家捎过来的红果罐头，酸甜适口，你也尝尝。"

马生坐在宿舍餐桌前把罐头拿了出来，发现送给镇长夫人的项链盒也在，马生有点迷糊，拿出来打开，那条项链静静地躺在里边，还多了一张纸条，马生展开纸条，上面一行字映入眼帘：扎实工作，前途光明。

镇长吃请

⊙　尹小华

　　周六晚上，王镇长在办公室兼宿舍又烙了一夜"烧饼"，凌晨刚眯瞪着，闹钟就响了。

　　他正洗漱，镇民政员小刘前来报告："镇长，朱总要请你坐坐。"

　　王镇长含着牙刷："嗯？"

　　小刘解释："就是石棉厂老板，他说过几次了，看你一直忙，就没敢打扰。"

　　"他有什么事吗？"王镇长漱过口问。

　　"他说想找事都没有，就是想请你坐坐。"小刘往镇长近前凑凑，"回绝他？"

　　王镇长眯了一会儿眼睛，抿嘴笑笑："答应他。"

　　小刘一惊，不错眼珠地盯着王镇长。

　　王镇长加重语气："答应他！就今天

中午。"

小刘迟疑:"八项规定,还有反'四风'……"

王镇长并没有理会小刘的提醒:"通知他,今天中午十一点,沙湾村,不见不散。"

小刘思忖片刻,心说:这样也好,沙湾村偏僻,天高皇帝远……

小刘电话与朱总沟通后,回头请示王镇长:"朱总问喝什么酒?酱香型的有茅台,浓香型的有五粮液……"

王镇长摇摇头:"告诉他,什么酒都别带,喝当地酒、吃当地土菜。另外,你给沙湾村支书打个电话,让他通知村'两委'成员全体参加。"

朱总听说王镇长给他面子很是高兴,只是把酒局设在穷乡僻壤有些不爽,路远难行是一方面,关键是好不容易请上王镇长,没什么可吃的说不过去。小刘说:"上边查得紧,稳妥起见。"朱总哈哈大笑:"咱能拉领导下水吗?就在我厂里小食堂,把食物买回来加工。门口拴着狼狗,一旦有风吹草动,就将镇长转进暗室。"

小刘转告朱总:"王镇长态度很坚决!"

既然王镇长拍了板,再嘚瑟不好,万一把局扰黄就糟了。

朱总心里装着小算盘:他的石棉厂,租用的是镇倒闭的农机厂,眼看就要到期,还想续租。这事不能在电话里说,也不能去办公室嚷嚷,最好在饭桌上,趁着酒酣耳热,当即把事定下来。

上午十点半,朱总便在沙湾村路口等候王镇长。他坐在驾驶位,打开玻璃窗,一边抽烟,一边盯着反光镜,还不时哼几声小曲儿。

　　路过的多是自行车、电瓶车、三马子，还有少量货车，竟没有一辆像样的小汽车。几支烟后，朱总看看表，快到11点了，就有些起急——王镇长怎么还没到呢？现在这些当官的前怕狼后怕虎……

　　终于，开来一辆小汽车。朱总立即下车，快速绕到车前，毕恭毕敬地笑脸相迎。

　　小汽车"嗖"的一声开了过去，留下一串灰尘。朱总冲车后啐了一口。

　　他正要返回车上时，手机响了，"朱总在哪里？"

　　他一听是小刘，心里颤了一下，"我在路口等王镇长呢。"

　　小刘说："你来沙湾村村委会，王镇长在这里。"

　　沙湾村"两委"成员都集中在会议室，王镇长穿着胶鞋和迷彩服坐在中间。

　　朱总一进屋，全体起立鼓起掌来……搞得他有些蒙圈。

　　王镇长微笑道："今天朱总想请大家吃饭，我先替他谢谢诸位赏光。"然后转对朱总说："让你破费了"。

　　朱总拍拍胸脯："小事一桩，王镇长定个标准。"

　　王镇长说："豪爽！"望望四周，又对朱总道："如果大家去你厂里吃请呢"？

　　朱总兴奋起来："不瞒王镇长，我原打算就在厂里……"

　　王镇长打断他："沙湾村还有七户家庭待奔小康，你能否给他们做做贡献？"

　　朱总说："只要我能做到的，义不容辞！"

王镇长道："好，沙湾村准备给你厂里输送十一名工人，如何？"

朱总说："那得先解决了厂地续租问题。"

王镇长笑笑："那是后话，先说眼前这事。"

稍顿，朱总说："行！"

掌声再次响起来，经久不息……

王镇长交代小刘："你联系县委宣传部，协调电视台采访朱总，将他致力于沙湾小康村建设的事迹……"话未说完，王镇长的手机响了，他"嗯"了几声挂断，转头对朱总，"今天的饭吃不成了，市县两级联合检查组已到镇里"。

朱总很失望，走到王镇长近前："加个微信吧。"

王镇长做出无奈状，掏出手机，却像电视遥控器。

朱总撇嘴，想揶揄说我给你买一部时，王镇长已经骑上摩托车，一溜烟没了影儿……

总走失的孩子

○ 冯　欢

孩子越来越不听话了，一眼没看住，就没影了，虽然这是偏远的山村，可一个六岁的孩子，说找不到就可屯子里寻不见影，也是让人真着急。

李焱是村主任，远近闻名的能人，被选上村主任后，不负乡亲厚望，真把个靠山村变了样。李焱四十三岁才有了儿子小浩，小浩长得虎头虎脑的十分招人喜爱。可孩子近来常常不知道跑哪去了，李焱和妻子就村里村外地找，有时在河边的一个看瓜棚子里，或废砖窑里把孩子找回来。

这次找了好长时间也没找到，难道孩子被拐骗了？越想就越害怕，李焱妻就哭出声了，弄得李焱也六神无主了。

这时遇见一位村民，说在村西的废弃

矿井那见过孩子。李焱一听可吓坏了，那矿井已经废弃多年了，里面有积水，还有随时可能掉落的石头，更有蛇鼠出没，如果儿子真爱跑那里去玩，得有多危险！李焱忙喊了几个路过的村民去寻找孩子。来到那黑黑的矿井前，李焱的腿都软了，李焱趴在井口向里面大声喊"小浩、小浩"，可传回的只有李焱的回声。李焱的眼泪都流出来了，妻子张开大嘴号上了。

这时听到井口旁边一声童音，"你们不要进来，我只想和爷爷多待一会儿。"井口侧面有一处建井时开的躲避所，平时只有村里放羊的田老七到这里放羊时躲到里面休息。

这时，一个老人领着小浩走了出来，小浩哭着说："爷爷，咱们躲这儿他们也能找到。"随着来的村民一看心里都明白了。

李焱的父亲年轻时在矿井干活养家，如今儿子当上了村主任，家里的房子是村里最大最漂亮的，可他们两口子就是容不下老父亲，老人没办法，去镇里租了一间小房，拾些废品为生，可老人想孙子小浩，隔一段时间就偷偷回村，找一个地方和孙子待一会儿。

人们看到小浩手里拿着一只遥控飞机，在阳光下闪着银光，老人的手里拿着还没有吃完的油饼，这正是李焱家中午烙的。

来找孩子的村民看到这场景，都无言地回村了。

年底，李焱自己也没想到，在选举村主任的大会上，他落选了。

最后一个扶贫对象

⊙ 刘　公

　　刘县长到任刚一个月，就收到了犄角村村民联名写给县长的信，信上说：县长再忙，也要到犄角村来看看，给我们老支书冯红根家扶扶贫吧。信件末尾四十二家户主的红手印像四十二枚红色警钟，沉重地砸着刘县长的心，"不是说全县都脱贫了吗，难道犄角村脱贫有假？"

　　"走，去犄角村。"刘县长对司机说。

　　犄角村是全县最西端的一个村，在大山深处，四十二户人家分驻三个点，也就是三个自然村民小组。刘县长不让打扰乡政府，一路让司机导航，才找到冯红根所在的旮旯小组。这旮旯组位于半山腰，十二户的房屋连成一片，除冯红根家还是几十年前的土瓦房外，其他的都是砖墙楼板房。其他家庭都脱贫了，难道冯红根的身体有毛病吗？

果不其然，冯红根的身体就是有毛病。走进冯红根家，一股浓烈的中药味扑面而来，家里的柜子和桌椅，都是二十世纪七八十年代的老式家具。唯一的家用电器，就是一台大屁股电视机。冯红根倚靠在病床上，一声紧一声地咳嗽着，虽说他的脸庞有些消瘦，但眼睛依然炯炯有神。见刘县长一行进屋，他连忙起身相迎，刘县长拉着他坐到了床沿。寒暄中，刘县长得知冯红根的女儿女婿在武汉一家医院工作，去年疫情肆虐时，女婿牺牲在工作岗位，女儿一人带着孩子，日子有些艰难。他生病的事儿，一直瞒着女儿。

"病了为啥不去医院？"刘县长关切地问。

"唉——"冯红根深深地叹了口气，欲言又止。

"不怕刘县长笑话，我们没钱啊！"见老伴不便坦言，冯红根的妻子眼泪哗哗地说。

"这些年你们辛辛苦苦，就没攒下点钱？"刘县长拉着冯红根的手，慢慢问道。

"县长，老支书为了我们大伙儿，富了一村人，穷了他自己。"一个上了年纪的大爷走进来说。

听说县长来了，村民们陆续来到老支书的院落里。

"县长大人，我家的养猪场，是老支书帮忙买母猪，才一步一步发展起来的。"

"县长啊！我家的茶园，是老支书出钱帮着买茶苗种出来的。"

"县长，我家的奶牛，是老支书带着我从山外一百多里地的奶牛场引进来的。"

"县长，我家的板栗园，是老支书从河北请来的技术员指导的。"

"县长，我的儿子上大学没钱，老支书把女儿孝敬他的钱给了我。"

"县长……"

"县长……"

……

"县长，您一定要救救我们的好支书啊！"最后这个请求，村民们几乎是异口同声。

"好！谢谢大家，现在我就把冯红根带到县医院去看病，请大家放心。"刘县长的话音一落，村民们立马鼓起了掌。

几天后，县医院传来消息，老支书已是肺癌晚期，时日不多了。村民们都不相信，好人应该一生平安啊！村委会副主任戴新代表村里去看望，并带去村民们自发的捐款28032元，冯红根按住戴新的手，坚决不收钱，反复叮咛戴新："大伙儿的心意，我领了，我在这看病县里出钱，回去了就说我的身体没事，最多半个月就出院了，让大伙儿不要惦记。"

大伙儿就等，谁知等了十五天，等来的是老支书去世的噩耗。大伙儿无不唏嘘落泪。

在老支书的灵堂上，老支书的女儿哭得昏死了几次，全村老少披麻戴孝，自愿地为老支书守灵。出殡前，刘县长带着县上五大班子的领导来给老支书送花圈，送别仪式简单而隆重，刘县长说："老支书是全县勤政廉洁的典范……"

当主持人喊"起灵——"时，全村人哭成一片。这样庄重的葬礼，犄角村有史以来还是第一次。

老支书的墓碑上刻着他真正的身份：犄角村党支部书记。

车过兔子洼

⊙ 郜泉州

县纪委监委的面包车走到一条山沟里，突然熄火抛锚。

"咋回事？"监委主任在后座上睁开眼问司机小张。

"车陷进了一个污泥坑，搁到坑里了。"司机说。

推车，主任带头跳下泥坑。

大家把吃奶的力气都用上了，车子就是出不了泥坑。

旁边坡地上，一老一少两个农民在犁地，主任和两名同志走过去。

"大伯，我们是县监委的，办公事路过兔子洼村，车子陷进泥坑里了，看能不能帮忙推出来？"主任一边说，一边递过两支散花烟。

　　老农民停下手，把铁镐铁锨拿过来，和男青年一起跳进泥坑里，在车两个前轮处各挖出一道壕。然后把两头牛拉过来，把套绳拴在小车前的牵引钩上。老农民让儿子在前边牵住两头牛，只见老农民扬起长鞭子，大喝一声"驾"，"啪"的一声，炸鞭狠狠地打在两头牛的屁股上，两头黄牛头一低腰一弓，用力往前拉去，车子轰隆隆地被拉出了泥坑。主任掏出两百元钱和一包散花烟，说："大伯，谢谢你，这是给您的辛苦费。"

　　老农民用手挡过，说："举手之劳要啥钱，你们把老百姓看成啥人了？"主任尴尬地举着手说："大伯，那你有啥要求？"

　　"别无要求，让俺们坐你们的车带你们到俺兔子洼村家里吃顿饭就行。"

　　主任狐疑了：人家出工不要钱，反倒请我们，这叫啥逻辑？

　　"我打开窗户说亮话吧，兔子洼村新来了家开发公司，包了千亩荒山，公司几个男娃子有功夫太蛮横，把俺家果园的果子随便摘吃糟蹋，俺娃子前去论理被打，还说县监委里有他们的亲戚，告到哪里也白搭。村乡干部没办法。告吧，鸡毛蒜皮事谁会管？你们到我家喝口水，借一下你们的威风气，好吧？""行"，主任爽快地答应。

　　正是午饭时间，村人在村中槐树下吃饭，看到车停在吴老汉门前，吴老汉父子俩从车里钻出来，吴老汉笑着对同车人说："走，到咱家了，中午煎饼管饱。"众人进院。

　　好事的在村里一传话，吴家门口黑压压围了上百人。

　　这时，大门吱呀一声开了，主任带着几个人走出来。吴大伯指着人群中开发公司的几个年轻人说了几句话。

"高主任。"村干部走上前同主任握手寒暄。

"姑夫！"开发公司的几个小伙子一看愣住了。

"你们糟蹋吴伯家的果园，赔偿五百元。摘吃坷垃家的大枣赔偿两百元。"主任大声说："回去把钱拿来。以后再敢打着我的旗号为非作歹，国法难容！"

"哗"，人群中响起了热烈的掌声。

主任和村干部及村民握手告别后，车子隆隆地离开了村子。

这时，吴老太从家里跑出来说："主任的信忘在咱家了。"

村干部接过没封口的信封一看，是写给吴老汉的，打开信大声念道："吴伯，我们吃了你家煎饼和鸡肉、菜汤，留给你三百元钱，望收下，以后还来吃吴大妈摊的煎饼。我在兔子洼村亲戚不少，有空会来看望大家。有事请打我的手机188×××××××××。"落款是清河县监委高长河。

在场的村民你望望我，我瞅瞅你，谁和高主任是亲戚？

信

⊙ 孙成凤

　　"龙子来信啦，快给五奶奶念念！"

　　五奶奶踩着一双小脚，双手捧着一封信跑进屋来，由于脚步急促，脚尖踢在门槛上，绊了个跟头。

　　龙子是五奶奶的独生子。年轻时五奶奶吃了无数的药，就是怀不上孩子，四十岁出头时，反倒是老来开花，生了个胖小子。五奶奶给他取了个响亮的名字——龙子。龙子出生前三个月五爷死于一场火灾，龙子成了遗腹子，但总算留下一条根。

　　孤儿寡母的日子是难熬的，但五奶奶下了决心要供龙子读书，说："三辈子不念书，不如狗和猪。"龙子天资聪颖，读中学时连跳两级，十七岁考上了省内的名牌大学，名声在当地很是响亮了一阵子。

毕业时，他前脚刚走出校门，后脚就被一家大型国有企业聘为业务经理。连五奶奶都认为自己真是怀了龙胎，生了龙子。可不久，突然传来消息，龙子被判了刑，原因是贪污巨额公款、包养情妇。我在一份内参上也看到了，说龙子由一个出身寒微，靠寡母供养，考上大学的农民的儿子，浮华堕落，沦为阶下囚。

我从五奶奶哆嗦的手里接过信，见信封上工工整整地写着"母亲王桂花收"，知道这就是五奶奶的名字。

五奶奶拉过一条凳子，坐在我对面，小学生听课似的正襟危坐，满眼焦急与渴望，很歉疚地催促道："快给奶奶念念，快念念。"

龙子的信只有寥寥的几行字，说自己老实交代了罪行，获得宽大处理，监外执行，他将不负年迈的老母亲养育之恩，将功赎罪。

听了信，五奶奶小心翼翼地从我手里把信轻轻地收回，又按原样把信折好，放到贴身的口袋里，然后长叹一声，自言自语地说："知子莫如母啊。龙子从小胆子小，这回他肯定是听了别人的坏话，让城里那个狐狸精给哄坏了。唉，他现在终于明白过来了，不用蹲在大牢里了。"

听着老人失魂落魄的自语，看着老人憔悴的面容与蓬乱的白发，仿佛又看到五奶奶身着单薄的衣服，顶风冒雪，步行几十里山路，到镇上的学校给读书的龙子送煎饼、棉衣的情景……

过了三四天，王奶奶又捧了一封信踩着小脚跑到我家，说龙子又来信了，并迫不及待地让我读。这封信比上一封稍长，龙子说自己监外执行后，原公司又聘用了他，还是业务经理。

听着信，五奶奶一个劲地点头："这下可好了！这下可好了！"说着说着，五奶奶竟抽泣起来，低声呻唤："龙子……龙子……"面对这位一生劳碌，老来尽管有子，却不能尽享天伦之乐的老人，一时，我的眼眶也发热发酸。

从此，每隔三五天，有时七八天，五奶奶就捧着龙子的来信让我给读。每封信都给五奶奶报告着好消息。快到年底时，龙子在一封信里说，自己被评为模范党员、先进工作者。一个监外执行的人怎么会被评为模范党员呢？我想，龙子这封信只是为了讨母亲的欢心罢了。

春节就要到了，五奶奶在自家的门槛上跌了一跤，躺在床上连生活都不能自理了，病情一天比一天重，邻居们只好轮流伺候。

自从五奶奶卧床后，龙子再也没有来过一封信。眼看五奶奶就要不行了，我就给龙子的单位打去一个电话。接电话的人很不客气，没好气地说："你有毛病呀！龙子在监狱里服刑呢，怎么接电话？"

我小心地说："不是说龙子监外执行，又被单位聘为业务经理了吗？"

那边"咣"的一声把电话挂了，震得我耳膜嗡嗡响。放下电话，我愣了，龙子这是演的哪一出，怎么一回事呢？

五奶奶出殡那天，龙子从狱中被担保回家为母亲送葬，他从母亲的一个小柜子里，翻出信封上写着"母亲王桂花收"的一沓信，看了大半天，突然号啕大哭，把信抱在怀里哭得死去活来。龙子哭着说，这些信根本不是他写的，自从出事后，他怕引起母亲伤心，没给母亲写过一封信，这些信肯定是母亲以儿子的名义，花钱请人写的，老人是在用这种方式为儿子祈祷啊……

龙子一边哭，一边不住地抽打着自己的脸，那声音好脆。

局长与他的父亲

⊙ 戴玉祥

正是抢收抢种季节。

刘迎刚坐上局长的位置，父亲的电话就过来了，让他回家一趟。

刘迎想说自己刚上任，真的没有时间，但没说。刘迎知道父亲的脾气，说也没用，只好让司机开车送他回去了。

刘迎到家，见门锁着，便知道父亲是在地里收麦子呢。刘迎赶到地里，见父亲正弯着腰割麦子，太阳火一样烤着，刘迎心里很不好过。

父亲直起身，指指搁在一边的镰刀，看着跟在刘迎后面的人："小子，是你司机吧？"

"是。"

"爹——"

"让他回去。"

"这……"

刘迎犹豫了下，但还是让司机将车开走了。

父亲弯下腰，紧接着，便有沙沙声响起来。

刘迎拿起镰刀，也弯下身，沙沙。只是，不大一会儿，衣服就汗湿了，腰也酸疼起来。刘迎咬着牙，直到日上中天，父亲才直起腰，看看被落了很远的刘迎，嘿嘿笑起来。

"小子，收工！"

回到家，父亲钻进厨房，很快，热腾腾的蒸馒头就端上来了，还有一碗腊菜、一盆番茄汤。父亲掰开一个馒头，夹上腊菜，大口吃起来，还说："小子，吃呀？"刘迎就也学着父亲的样子，吃起来。

"你现在是局长了？"

"嗯。"

"这一个馒头，你知道它需要多少麦子？"

"很多。"

"你知道收麦子的人，要流多少汗水？"

"很多。"

"知道就好。"父亲说，"小子，不管你当多大的官，在老子眼里，你都是老子的儿子，一个庄稼汉的儿子！"

"明白。"

"明白就好。"父亲手指着门边的一辆自行车，"送给你的"。

刘迎回局后，将自己的专车卖了，款进了局里的账。自己骑自行车上下班。

港商王先生来考察，准备投资两个亿，建一所中学。

晚餐时，刘迎陪王先生吃饭，餐桌上摆了一碟馒头一碗腊菜一盆汤。刘迎亲手掰开一个馒头，夹上腊菜，递给王先生。王先生津津有味地吃着，还喝了碗汤。饭后，王先生拍着肚皮，连声说："好好！"

王先生回香港后，召开董事会，投资方案顺利通过。

消息传来，局里好多人都不敢相信。

办公室主任好奇，电话打到王先生那里："王先生，我想知道你做出这样决策的原因，能透露点吗？"

王先生哈哈一笑："就是那顿饭……"

一个落霞满天的傍晚，刘迎下班正骑着自行车走在回家的路上，一辆黑色轿车靠过来停下。樊仁摇下车窗玻璃，探出头来，"老同学，真是请神不如遇神，一块聚聚吧？""好啊！"刘迎答。

明唐阁酒楼。

二楼包间，里面已等着几个人了。推门进去，刘迎明白樊仁这是事先策划好的了。

樊仁一进屋，就对站在一边的服务员说："上菜。"

趁上菜的工夫，樊仁将刘迎安排到首席的座位上，并介绍说："这位是建筑公司的菜总菜得来，这位是菜总的秘书莹小莹，这位是……"

开始上菜了。

听服务员报着菜名：熏鸡白脸儿，蒸鹿尾儿，罐儿鹌鹑……再扫眼站在餐桌上的那些茅台酒，刘迎脑子里响起了与父亲的对话：

"你现在是局长了？"

"嗯。"

"这一个馒头，你知道它需要多少麦子？"

"很多。"

"你知道收麦子的人，要流多少汗水？"

"很多。"

"知道就好。不管你当多大的官，在老子眼里，你都是老子的儿子，一个庄稼汉的儿子！"

"明白。"

刘迎说声去趟卫生间，趁机溜走了。

刘迎骑上自行车，骑了一阵后，给樊仁打了电话。电话那头，樊仁听了，语气就冲起来："不就是个小局长吗？！"还说："港商投资的那个中学，建筑工程老子要定了……"

刘迎默默挂了手机，心里，酸酸的。

同学林

⊙　金可峰

　　大道两旁是成片的绿化带，小渠边上更是绿树成荫。树木苍翠而挺拔，枝繁叶茂阻挡着阳光，炎炎夏日，林子里有了一丝凉爽。林子边上一块巨大的黄色石碑，上面写着金灿灿的"同学林"三个字。虽然过去了二三十个年头，字的色泽依旧如新，在阳光下熠熠生辉。那年，刚毕业不久，班长带着同学们种下了这片林子。一是对青春的纪念，二是对友谊的见证。那时，大伙都是二十多岁的姑娘，一个个意气风发，大家一起挑水种树，笑谈人生与理想。

　　这次来同学林，是班长首先提议。班长新调吴市担任市长，一到任，吴市的一帮同学便络绎不绝地前来道贺，顺便说些求照顾的话，弄得班长应接不暇。班长便说："大伙难得在一个地方工作，一起到曾经种树的'同学林'看看，回忆回忆过去的时光，顺便联络同学间的感情。"

正值夏日，烈日能把人烤出油，动一下就是一身汗。但既然是班长提出，即使有人不愿意，碍着这市长的面子，也得硬着头皮来。

大家包了一个车，路上谈论最多的是新到任的班长，说他是全班同学的骄傲。一个女同学冲着班长说："我儿子想调回吴市，班长大人，你一定得帮忙。"没等班长开口，其他同学开始起哄："这不算个事！班长还会不帮？一句话的事。"女同学鼓起掌笑道："办好了，请班长吃大餐。"

同学姚经理接着说："你那不是事，我这是个事。市里有条公路要立项，你从省里下来，这事又归省里管。你在省里肯定熟人多，帮我打些招呼。"

"这个有难度，现在工程项目抓得紧。"另一个同学搭话。

姚经理说："我知道！班长的门路总比我多，对政策也了解得多，知道怎样打擦边球。"

"班长，你也该照顾下老同学，我那单位又穷又忙，把咱提拔到轻松点的地方呗。"一个胖子同学说。

一个多小时，车子到了"同学林"。一下车，姚经理抢着过来给班长提东西，颠着一个肥胖的屁股在前引路。女同学也亦步亦趋地跟在班长身后，朝着班长不停摇着香扇。大家走进林子，女同学高声尖叫："我的松树长这么高了？真没想到！"

"我的也是，瞧这棵香樟这么粗了！"姚经理拍打着树干。

"我的枫树。"

"我的竹子。"

大家寻找着当年自己种下的树，欣喜之情溢满整个林子。班长问："大家看到当年种的树，现在有什么感想？"

"长大长粗了，像宝塔一样。"女同学首先喊道。

"友谊之树地久天长。"

"前人栽树，后人乘凉。"

班长摇摇头，"再想想。"

"团结在一起，就是一片森林。"姚经理的手一挥说，众人一齐鼓掌。

班长还是摇摇头，"别急着回答，再仔细想想。"

大家面面相觑，随后望向班长，等着他把谜底揭开。班长大声说："当年，同学们种下树时的意气风发还在吗？"

众人静下来没有吱声。班长接着问："同学们当年想干一番事业的心还有吗？"

仍然没有人回答。班长继续发问："当年想做一棵青松为社会尽心的豪言还记得吗？"

还是没有人回答，同学们一个个陷入沉思，当年那些雄心什么时候弄丢了？如今绿树成荫，原来那一株株笔直而幼小的枝干，已长高长大，身躯却没有了原先的笔直挺拔，是什么时候不经意变弯的呢？

诡秘的老丁

⊙ 姚绍云

情人节一大早,老丁消失得无影无踪。

招呼倒是打了一个,说去看干娘,晚上不回来。刘嫂觉得蹊跷,刚想追问,见老丁大步流星地向门外走去。

干娘命苦,丈夫和儿子先后死于意外。一次帮扶活动后,任民政局局长的老丁认她为干娘,每月给她生活费。

去年小年一过,老丁说,干娘老了,我去陪她几日。一去,直到大年三十儿子回家才回来。

刘嫂明晓事理,对老丁破例陪干娘几日尚能理解,毕竟他菩萨心肠,多次接干娘来家住,老人死活不肯。

以往情人节,老丁再忙也会陪自己逛逛街,这早已是惯例。凭老丁的记性,不可能忘了今天是什么日子，难道……？夜幕降临时，刘嫂还在思来想去。半夜里，翻来覆去的刘嫂突然想起了一件事。

那是去年儿子任教育局局长不久，有位年龄相仿的女人找上门，求老丁向儿子说情，把女儿调到县城工作。平时，家里谁找他办事，老丁三言两语就打发了。这次，老丁变了一个人似的，满面笑容，轻言细语，拱手让座。虽说拒了，可绕大弯找了一大堆理由。于是，女人走后，刘嫂刨根问底。原来这女人和老丁处过对象。因为彩礼要得太高，两家父母闹翻了，迫于压力，两人含泪分手。

莫非旧情复燃？想到这儿，刘嫂心神不宁，醋意大发，决定非要弄个水落石出。天刚亮，一夜未眠的刘嫂急匆匆地来到干娘家。屋里屋外，刘嫂寻了个遍，也没见有老丁睡的床，更别说他的影子。接下来，刘嫂自然要问个明白。可一问后，刘嫂那是怒火中烧！原来，老丁压根就没在干娘家住过。不过，干娘提起了一件事，说老丁年里对她说自己在县城租了间房，等天热时接她去城里散散心。

刘嫂心如刀割，眼泪纵横，怨气更是填满了她辽阔的心胸。回到家，她坐卧不安，拨通了儿子的电话。

"你爸外面有女人，昨夜……"刘嫂哽咽着说。

"妈，不可能！爸昨天晚上还电话问我在干吗，我说正在处理一起校园突发事件。"

"哎，哎……"刘嫂挂了电话，一身瘫软得像一只泄了气的皮球。

约莫两小时后，老丁回家了。

"你给我滚！"刘嫂气不打一处来，侧脸吼道。

"别急，儿子马上回来，他回来你自然明白了。我跑了一天，累了，打个盹。"老丁调侃地说。

傍晚时分，儿子果真回家了。

刘嫂迫不及待地叫醒了老丁，开始发问。

"在哪儿租的房？"

"儿子家对面。"

"为什么？"

"在那儿能盯清那些逢年过节给领导送礼的人，还好，儿子像我，来一个走一个。"

"那昨天去哪儿了？"

"有的领导过了金钱关过不了美色关。昨夜知儿子未回家陪儿媳，我便暗地里打听，果然是为公事。"

刘嫂瞅着儿子，豁然开朗。儿子摇摇头，笑着对老丁说："别费心了，我是好领导。"

"还不够好。"

"那怎算真好？"

"学会常提提领子，扯扯袖子，红红脸，出出汗，你才算真好。"

"我明白，反腐重在预防，为更多人预防腐败才是更好的倡廉。"

老丁开怀大笑，那笑声仿佛在对儿子说"撸起袖子加油干！"

不能说的事

⊙ 阿　木

夕阳西下，小区寂静，小区的人都归屋吃饭了，外面少有人走动。

门卫老吴坐在门卫室正举着酒盅吃酒，突然看见一个光头的人提着饭盒闪进大门，光头像"躲反"似的慌闪闪快速向一栋楼走去。

老吴正要喊住他，看那人背影有些熟悉，迅速想起是以前的领导，张得硕大的嘴没喊出声来，一口谷酒呛了喉咙管，连咳嗽，咳得喉咙痛。

老吴以前的领导是建小区的领导，前几年贪污受贿被抓了，判了好几年刑。以前领导不是光头，一头墨黑的好头发。老吴想，以前领导的头发肯定是在狱中剃了。

以前的领导没被人揭发之前整天很严

肃的样子，黑着脸，从不对人笑，好像也不会笑，就像人人欠他的钱。老吴曾去以前的领导家送过礼，请他解决问题。以前的领导躺在沙发上看了看他手上提着的两瓶酒，眼皮立马合了，不吭声，像死人，鼻子都不哼一声，老吴的事自然没解决。

以前的领导以前在阳光小区有一套复式房，判刑后被没收拍卖了，他八十岁的老娘东借西赊买了一套小户型，一个人住。

老吴想：这光头领导刑期未满啊，怎么跑出来了？

老吴去看监控，老吴知道光头领导老娘的楼层，他每年过年都去送点年货。

老吴看见光头领导在敲他老娘的门。门开了，光头领导一下跪在地上，双手捧着饭盒，似乎在哭诉，不知说些什么。门卫室监控只能看，听不见声音。

老吴不看了，看得心酸。

过了好大一会儿，老吴看见光头领导低着头闪出大门，不知去了何处。

第二天、第三天……每到傍晚，光头领导提着饭盒闪进小区，过一会儿又闪出，像做贼似的。

老吴喜欢在门卫室跟人吹牛，说东说西尽说些有趣的事。什么小区一女子跟外面的人"打皮绊"啦，什么小区谁谁谁又发了一笔财啦，他知道的不少，也能吹，人们喜欢听。但是，这次他不说光头领导给他老娘送饭的事。他觉得这事有点悲哀，说不得，说了心痛。

第四天，光头领导给老娘送完饭走到门卫室，递给老吴一封信，冲着老吴一笑，不说话，然后转身就走了。老吴接过信一时发蒙，半天没回过神来，感觉光头领导的笑很难看，不自然，很复杂，很有些丰富的内容。

老吴立马去看光头领导的信，光头领导在信中说：

老吴师傅，你是好人。我老娘病了，行动不便，请你代我每天给她送点吃的，一天一餐两餐都可以，老人吃不了多少。我又得回去服刑。我现在无钱回报于你，来日再谢！

老吴看完说了一句话："作孽崽哎，早知如此，何必当初！"

粗茶淡饭

⊙　庞　滟

　　胡秘书在整理局长办公室时，心中一阵波涛翻滚——他已经送走了两届局长，一个被留置，一个镀金后调走了。他摸着真皮靠椅，想到即将上任的田局长和他年龄相仿，心生嫉妒。

　　胡秘书对新来的领导做了很多功课，发现而立之年的田局长工作勤恳又较真，除了爱跑步竟没查到其他爱好。他又看了一眼近在咫尺的真皮靠椅，嘴角泛起一抹怪异的笑——这是一把沾满权力和金钱的椅子，不相信谁坐上能挡住诱惑。

　　田局长上班的第一天，指着办公室的真皮靠椅和沙发说："胡秘书，找人把这些带动物皮的东西都搬走，摆放普通座椅，选经济耐用的。"胡秘书连连答应，暗想：

这领导城府很深。

一个神秘人的电话让胡秘书忐忑不安，叫他留心观察田局长的一举一动，汇报时有酬谢。对方声音严厉，拒绝透漏身份。他本不想干内奸的事，又怕是上级哪个部门的考察。

经过半年的观察，胡秘书发现田局长工作上勤恳认真，拒绝贿赂和吃请，上下班不坐公车，说走路节约能源又利于健康，在单位和员工一样吃普通餐。胡秘书暗自思忖：田局长是个清官，还是善于伪装呢？

后来，胡秘书在田局长办公室发现了一套笔墨纸砚，还看到他每天午休时，都要挥毫泼墨一番。

胡秘书先夸了一通田局长大作天成，又推上一个纸箱，说自己也爱好水墨画，各种原因没能坚持，借花献佛给这一套家什寻个新主人，油烟墨、松烟墨、漆烟墨和宣纸、毛笔都预备了几个好品牌的，纯天然的彩墨颜料也都是上等品。

还没等胡秘书脸上的笑容全都开放，田局长面带愠怒道："小胡同志啊，你是在帮我犯错误吗？我又不想成为画家，普通的笔墨砚纸就足够了，要那么多好东西做甚？我画画只是调剂一下生活，不要把自己搞得太累。"

从此，田局长家门口经常有人敲了门后，放下文房四宝或是名家书画就走。田局长如数把这些东西交给了上级组织部门，等送礼人来认领。胡秘书则认为，这些都是做领导的障眼法。

有一段时间，向田局长索画的人多了起来。他也来者不拒，只是赠送的画千篇一律都是一个模样：一张桌子上面放着一杯茶、一碗饭和一双筷子，题款只写画名"粗茶淡饭"，从不署自己名字，也不盖印章。无论人家怎样央求，他都不允，说不能破了规矩。有人以买画为由，回赠田局长红包或礼品，都被拒收了。

田局长在办公室墙上也挂了一幅《粗茶淡饭》。胡秘书知道这幅画一定有含义，谦虚地求教。

田局长来到画前，深呼一口气，说："我从小爱画画，想当一名画家。那时，家里穷得买作业本的钱都要算计，根本买不起画笔和宣纸。我心血来潮时，就用木棍在地上画。父母为了让我走出农村，考上大学进城做有出息的人，不许我再看画画的书，一把火都烧光了，还揍了我一顿。我就这样一路走到了现在，悟到了一句箴言'勤修戒定慧，熄灭贪嗔痴'。你怎么理解'粗茶淡饭'？"

"我只浅显懂一点儿，会错了意局长别怪我啊。"胡秘书继续说，"'粗茶'有三个含义，一是本义，二是引申义，三是官场上的请去'喝茶'。'淡饭'也可以这样理解吧。"

"你的理解很深刻，听过'悬鱼太守'羊续的故事吧？这画就相当于他的鱼。人生不过粗茶淡饭，多吃有害健康。"田局长用力在小胡肩头拍了拍。

一年后，胡秘书接到神秘人的电话，问他田同志怎样。他如实汇报了，还讲了和"粗茶淡饭"相关的故事。对方让他继续帮助考察，还往他银行卡里打了承诺的酬劳。胡秘书心里七上八下地不安宁。

田局长结婚那天，胡秘书帮忙接待新娘子家人，一个身板挺直的老爷子和他说话时，把他吓了一跳——藏在他心里的神秘人的声音出现了。老爷子悄声说："我们做'地下党'的秘密，你不要说出去哦，我让你做的事都是为了我孙女的幸福。"

绝密跟踪

⊙ 孙庆丰

王副县长自从升任县长后，就开始发生变化了。最大的变化是以前每周七天包括晚上的行程都排得满满的，现在却把每周六下午和晚上的时间都空了出来搞神秘失踪，不仅不让司机和秘书陪同，还特意嘱咐我没有十万火急的事不要给他打电话。

领导的行踪这么诡异，我这个做秘书的当然会好奇了。不仅我好奇，整个县政府的人都好奇，难不成因为王县长和妻子两地分居，加上权力越来越大了，就在外边养情人？虽然这些话都是大家在私下里说的，但传到我的耳朵里，我的心里当然就不舒服了。

我是谁？我可是王县长的影子啊，若是换在以前，王县长做什么事哪有我这个秘书不知道的！在他当副县长的七年里，一年到头下基层搞调研多少次，慰问贫困户多少家，那些数字我可都一清二楚。当然，我也没少跟着他吃苦头，虽谈不上渴饮雪、饥吞毡，但天寒地冻时哪儿越穷领导就越往哪儿跑，挨饿受冻也就是常有的事了。

今天又是周六，在食堂吃完中午饭，王县长让我回家休息，我佯装答应，在他独自走出县政府大楼坐上一辆出租车后，我就打车悄悄尾随。大约半个小时后，领导在夕阳红敬老院下车了。真奇怪，领导自幼丧母，当上县长没几天父亲就突发疾病去世了，岳父和岳母又不在本县生活，他来这里看望谁呢？如果是慰问，总不至于把我这个秘书给撇下吧。

为什么要跟踪领导，其实连我自己也不清楚，或许是给领导做影子做习惯了，看不到领导的时候，一个空荡荡的影子心里当然会感到不安。不安，其实是对领导的变化感到不解，昔日那个惜时如金的工作狂，怎么会突然肯奢侈地空出半天加一个晚上的时间来呢？根据我对领导七年来的了解，如果不是生活中发生了很大的变故，领导是绝对不会这么做的。

再有就是，如果今天的跟踪证实了传言，那即便不让我做秘书，我也必须要问清楚领导一个问题：过去的七年里废寝忘食、顶风冒雪，不要命地工作是为了什么？七年来我不辞辛苦甘愿给领导做影子，看重的不就是领导的心里始终装着老百姓吗，跟着这样的领导，就是做影子腰板也挺得直啊！

可是现在，我不敢想下去了。看着领导进了一个房间，我怕被发现没敢跟过去，于是就问敬老院的一位工作人员，那个房间里住着什么人，谁知一连问了好几个人居然都说不知道。不说就不说吧，大不了等领导走后我亲自去确认，不料有人把我当成了可疑分子，在楼道里大声质问我是干什么的。我赶紧说小声点儿，我是王县长的秘书。谁知说了也白说，他们根本就不认识我。也难怪，尽管我是领导的影子，但每次来敬老院慰问，我都是躲在幕后的，包括县电视台的新闻里我也很少出镜，即便出镜，不是背影就是侧脸，谁会认识我这个秘书啊。

　　正在这时，领导出来了，他一看到我似乎就明白了是怎么回事，于是赶紧把我带进了房间。进了房间我吓了一跳，领导的父亲居然还活着，而且还活得好好的。这是怎么回事？我有些丈二和尚摸不着头脑。领导说："其实这是我父亲的意思，自从我当上县长后，家里每天都有人借着看望老人家的名义来送礼，老人家很生气，怕我犯错误，于是就想出了这么个主意，佯装自己突然去世，骨灰撒到了大海里，亲朋好友一个也不让吊唁，以免被人发现。不仅如此，还让我的妻子到外地去陪儿子读大学，生怕家人拖我的后腿，好让我放开手脚工作。"

　　这时，领导的父亲对我说："当官就得有牺牲，除了牺牲亲情，关键的时候还要牺牲自己的生命，都说忠孝不能两全，但我觉得儿子对国家的忠，就是对我最大的孝。"随后，老人家严肃地对我说："一定要替王县长保守这个秘密，否则我就'白死'了！"

　　我赶忙说请您老放心，我可是领导的影子啊，领导没时间来看望您的时候，我就代替领导来尽孝。

疏而不漏

⊙ 黄　扬

"你是季风吧？我认识你父亲。"在飞机上我想睡会儿，头刚往后靠去，就听见一个陌生人对我说话。那个人坐在我右边的那排座位上，我和他之间被另外一个人隔开，他只好欠欠身子，以便看着我说话。他的膝盖上盖着一件黑色西服，两只手都藏在下面。

"季风？不好意思，您认错人了。"我也欠起身看他，心里很是奇怪：他的声音我似是在哪里听过，他说的"季风"这个名字，我也耳熟，只是不知这人说的季风是否和我认识的是同一个人。

"你父亲为你的工作煞费苦心。"像没有听见我说的话，他自顾自地说，"你父母是干什么工作的？为让你进好点的单位，可是拿出了好几万。"

"对不起，你认错人了，我的工作是凭自己的能力争取来的。"我说话的语气明显生硬了些。

"后来，为把你调回你父母所在的城市，你父亲又给谁送去十几万。你父亲自己穿的衣服都褪色了，皮肤也黑得发亮。"他不再看我，像是在自言自语。

"你不要无中生有，我和我父母根本没见过你。"我有点控制不住情绪。

"请你保持安静。"坐在他旁边的那个人严肃地对他说。

"我最后一次见到你父亲，他身上有一只价值几十万的古董花瓶，那次是为你升职的事在奔波。"他仍毫无顾忌地说。

"你胡说八道！"我几乎跳起来大声道，惊动了其他乘客。我的脸开始发烫，我的心开始乱跳，只能用手捂住胸口。他说的那个送礼的老人不是我父亲，是给我送礼的人，那老人的儿子正是名叫季风。这种事情，飞机上这个偶遇的陌生人是怎么知道的呢？清楚这件事的除了当事人和我，就是我的上级领导刘县长。但一年多以前他被人举报贪污受贿，接着他整个人就突然消失，不知所踪。

下飞机的时候，他故意让遮住双手的黑色西服滑落到地上，他手腕上闪烁寒光的手铐，使我无法镇定下来。还没出机场，我就急忙给家人发信息，要他们赶紧退还所有礼品。

不久后，我得知，在飞机上戴手铐的那个人就是刘县长，当初他整容后逃亡国外，如今被押送回国。第二天，我便去投案自首了。

画猫的女孩

⊙　王　进

　　康复医院的赵院长是个慈眉善目的老妈妈。她最近发现了一件怪事：康复医院有个患抑郁症的留守儿童叫声宇，几乎不和任何人交流，但是，常常躲在一旁画猫。没事就蹲在院子的角落，静静地观察小猫，一蹲就是大半天，还常常模仿猫的各种形态，非常逼真。

　　而且，只要院长稍不留神，声宇便会在墙上画起猫来。院长说："这一院墙都是猫，怎么回事？"院长想尽一切办法劝说，声宇却着魔了一般，一刻不停。

　　一天，院长发现房间的墙上也全是声宇画的猫。那些猫全身都是金黄色，毛发油亮，大眼睛直勾勾地盯着前方。而且，这些猫不是温顺的家猫，它们形态各异，或前扑，或张牙舞爪……院长把声宇叫过来，严厉地说："我知道你喜欢画猫，可是，我们这里是康复医院，你不能乱涂乱画。你最好去找个艺术家当老师，以后当画家。你为什么这么喜欢画猫呢？"

沉默了半天，声宇喃喃地说："我做过一个梦，梦见有一次和妈妈到一个海岛去游玩。一天傍晚，我趁大人不注意，偷偷溜出去玩。我来到一幢很大的别墅前，门虚掩着，我推门走了进去，里面荒草丛生，看得出，这是一幢很久没人住的房子。我向屋里望去，大厅里成群结队的老鼠跑来跑去，有的在啃沙发，有的在咬柱子，老鼠屎遍地都是。我愤怒地冲进屋内，赶了这边的老鼠，那边的老鼠又冲了过来，大厅里的老鼠吱吱乱叫向我示威。傍晚，老鼠又出来找食物，却没有发现身后隐藏着祸患。原来有一只猫正在那里摩拳擦掌，准备捉老鼠呢。老鼠二话不说，赶快就跑，猫就在后面追，你追我赶，来到一个水盆前，老鼠一个急转弯就绕了过去，而猫在后面猛地一跃，也跳了过去，落地后继续追。老鼠在前面跑，猫在后面追，这时老鼠说：'猫，能不追了吗？我到现在还没吃饭呢！'猫说：'你这个坏家伙，看把家里搞成什么样子了！还想吃饭！'老鼠突然打了一个呼哨，一下子蹿出六只鼠，个个张牙舞爪，向猫冲了过来！而猫也不示弱，只见它身子往后倾，前脚抓地，后脚猛地一蹬，'嗖'的一下，就蹿上了桌子，随后又扑了下去，一口咬住一只老鼠的脖子，整个动作非常流畅，其他老鼠一起向猫发起了攻击，有咬猫眼睛的，有咬猫气管的。猫躲过了它们的进攻，巧妙迂回，接连咬住三只鼠的颈部，三只鼠抽搐了几下，就一命呜呼了！这时，老鼠越聚越多。

猫死死地咬住一只老鼠的脖子，十多只老鼠也死死地啃住猫的前后腿、屁股、耳朵、肚子和脊背。一时间老鼠的'吱吱吱'尖叫声，猫的'喵喵喵'悲鸣声响彻大厅。搏斗持续了二十多分钟，大黄猫身上血迹斑斑，十三只小老鼠也成了肉酱。第二天晚上，老鼠叫、猫叫又持续一个晚上。第三天，老鼠销声匿迹，大厅恢复了平静。但是，大黄猫也静静地躺在那里，到死，眼睛也不闭上！外面的老鼠，也再不敢进来了！从此，猫在我心里，就是勇敢者的化身。我长大了，要做一个猫一样的人，什么都不怕！所以，我要画猫。"

老院长摸了摸声宇的头，说："我给你买最好的颜料和纸，你把心里最勇敢的猫画下来，希望你也像猫一样，维护人间的公平正义。"

许多年之后，声宇画的猫参加画展，得了二等奖。

别样的考察

⊙ 王明清

　　县委考察组来之前半个小时，卫生局的王副局长接到了大哥从乡下打来的电话，说是父亲病了，且病得不轻，让他赶紧回家一趟。

　　王副局长是典型的"孺子牛"干部，三十来岁就当上了副局长，那时儿子还在上幼儿园，在众人眼里可谓"前途无量"。如今儿子都已经上大学了，自己年龄越来越大了，可职位却像侏儒一样停止了生长。前两次职位调整，他失之交臂。一次是因为下乡督查"非典"疫情防控过程中他不幸被感染了，调整职位时正躺在医院里；另一次是因为他在局党组会上给一位县委领导的妹妹提干提了反对意见，职务调整在县委常委会上被否决了。

王副局长的母亲去世早，父亲年逾古稀，他曾将父亲接到县城住过一段时间，那段时间王副局长忙完工作就忙父亲，一有时间就亲自做饭，陪父亲散步，妻子开玩笑说："在单位你是堂堂的副局长，可在家里你更像一个男保姆！"每次听到这些他就微微一笑，算是回应。后来他父亲不忍心儿子这样劳累，执意要回乡下，无奈之下他只好将父亲送回乡下。有一次，李副局长的老婆私下对王副局长的老婆说："真羡慕你家的老王，哪像我们家的那位，比市长都忙，成天不着家。他母亲在我们家住的那段日子，我就像保姆一样，我实在应付不过来，他就请了现在的这个保姆，后来因为我们俩吵架他母亲就回了老家，死活都不来了。"

自刘局长两个月前被纪委带走，上面派了一位副县长来兼任，副县长让王副局长负责具体工作，李副局长全力配合。李副局长心里很不爽，比以前更忙了。县委最终将他俩都作为考察对象，然而就在考察组到来之前，王副局长却接到了老家大哥的电话。他略略迟疑后，就给考察组的徐组长打了电话，说自己有事要回趟老家，并称自己愿意放弃这次考察。徐组长在电话里劝他再想想，机不可失，让他三思！王副局长谢绝了徐组长的好意就决然回了老家。

满怀希望的李副局长当天热情地接待了考察组。几天之后，王副局长的任命下来了。好多人都很纳闷，因为他们压根不知道，考察组来之前的半个小时，同样的电话李副局长也接到了。

渡 江

⊙ 张晓玲

爷爷十五岁当兵，十八岁跟随部队跨过长江冲进了南京城。打了三年仗，当了连长，在渡江战斗中，一只脚受伤。伤好之后申请复员回到了老家。

从记事开始，我就喜欢爬到爷爷腿上听他讲打仗的故事。七岁那年夏天，爸爸接我回城上学，临走的时候，爷爷说："我孙子要上学了，爷爷送你一件礼物。你去我炕头把那个小箱子抱过来。"我一听有礼物，赶紧跑进爷爷房间抱出来一个小箱子。"爷爷，是这个吗？"我在前面跑，奶奶在后面追，"小祖宗，可别摔了，那可是你爷爷的命根子。"我把小箱子放在爷爷喝茶的小方桌上，爷爷从裤腰带上解下一把钥匙把它打开，从里面拿出一把木头手枪递给我，说："爷爷给你做了一把木头手枪，枪口上我嵌进了一枚子弹壳，一定要好好上学，长大了去当兵，保家卫国。"我点头答应着，兴奋地拿着木头手枪跑出去了。

二十六岁那年，我研究生毕业之后，被一个军事科研单位录用。工作之后的第一个春节，我买了很多好吃的回老家陪爷爷过年。奶奶已经走了，爷爷一个人守着空荡荡的老宅就是不肯离开。推开门，我大声喊着："爷爷，我回来了。"爷爷挂着拐杖站在门口，笑着看着我，说："大孙子回来了，我刚泡好了茶，快进来喝。"我把手里的东西丢下，快步走过去搀住爷爷，"爷爷，外面太冷了，您出来干吗？感冒了就不好了。"

"没事的，有人照顾我，屋里暖着呢。"爷爷说。进屋之后，我看了看爷爷的房间，摸了摸爷爷的棉被，软软的、暖暖的。感觉和奶奶在的时候没有多大变化，就说："爷爷您坐着，我给您带来了五斤上好的熟普洱茶，我爸说您喜欢喝。""这么多啊！不是受贿的吧？""怎么可能？我哪敢呐，爷爷说过的话孙儿不敢忘。这是我攒了半年的积蓄给您买的。对了爷爷，我妹妹还给您买了过年的新衣服呢。"说着我把一件喜庆的红对襟唐装拽了出来。爷爷一见哈哈大笑，说："我喜欢这个颜色，红火喜庆。"听到爷爷久违了的大笑，感觉特别开心。

过了年，我要走的时候，爷爷说："去把我炕上的小箱子搬出来，我有礼物送给你。"爷爷从裤腰带上解下钥匙打开小箱子，从里面拿出一个伤痕累累的搪瓷缸子，说："这个搪瓷缸子陪了我很多年了，是我一个战友的。在一次战斗中，他为了救我让炮弹炸飞了。我只找到他的这个搪瓷缸子。它陪了我七十多年，就是个念想，活着就知足了。缸子里面是你该得的工资，缸子外面就算是钱海，你也不要往缸子里面捡一分钱！记住了吗？"我接过缸子什么也没说，深深地点了点头。

一天，我接到父亲的电话，父亲告诉我说爷爷病危。我放下电话就往回赶。赶到老宅的时候，里里外外已经围了很多人。我以为爷爷已经没了，弓唷大哭。书记一听，赶紧说："别哭，你爷爷等你呢！快进去。"我三步并两步扑到了爷爷炕前，"爷爷，爷爷，我回来了。"爷爷看见我，用手指了指枕边的小箱子，浅笑凝在了脸上，八十九岁的爷爷就这样走了。

处理完了后事，打开爷爷留给我的小箱子，里面有一枚爷爷当年打过长江去获得的"渡江胜利"纪念章，下面压着一张信笺，一行字映入眼帘：渡江吧，不要被糖衣炮弹击倒！

山色空蒙

⊙ 张海棠

天蒙蒙亮，雨滴答滴答，兰欣支撑着坐起来，微微晃了晃头，感觉还好。今天她要回乡下看望父亲。

兰欣看见了熟悉而又陌生的村庄。从出租车下来，她捧着一束花，沿村后那条小路，去往后山。雨已经停了，后山被一团雾气笼罩着，父亲就躺在那里。

后山是老家祖祖辈辈的墓地。循着零星的鞭炮声，兰欣依稀看见，三三两两的人正忙着给祖辈的坟茔培土、烧纸。没有人注意她。兰欣左绕右拐，来到父亲的墓前。

父亲坟上枯黄的野草夹杂着泛出的新绿，墓碑孤零零地立着。兰欣有些累，轻轻撑住了墓碑。抚摸着父亲冷冰冰的名字，泪水忍不住淌了下来。

　　她想起父亲愤怒地倒下和弟弟满眼的憎恨，那天的情形，是同事后来告诉她的。

　　她叮嘱同事，晚上十点后再去弟弟家，那会儿父亲已经睡了。可是那天，同事们进门时，父亲还在看电视。同事尽量平和地对弟弟说："跟我们走吧。"父亲一下子站起来，指着弟弟吼："你个孽子……"父亲倒在了沙发上。兰欣赶到医院，父亲还在昏迷。她冲过去拉住父亲的手，喊："爸、爸。"父亲听不见，样子很安详，兰欣心里一阵绞痛。

　　父亲是一名老纪检。那时因为办案，家里经常收到骚扰电话、恐吓信件，还有上门泼油漆之类。三十年前，母亲留下一封信，还有读高中的兰欣和几岁的弟弟，再也没有回来。父亲没有再娶，把工作之外的全部心血倾注在弟弟身上，守护着他读书工作、结婚生子，退休后也一直和弟弟住在一起，帮他们看孩子、做家务。

　　父亲患有高血压，是兰欣给了老人最后一击。

　　弟弟是一家国企的总经理。在同事报上来的违纪问题线索清单里，兰欣看到了弟弟的公司。她惊愕片刻，拿起笔勾了一下。

　　兰欣没有参与调查。她告诉同事，一要注意保密，二要一查到底。她没有再说什么。

　　弟弟公司为争取项目和多个行政部门存在利益输送。调查报告建议对公司下达廉政建议书，对主要负责人给予党纪政纪处分。兰欣没有同意。

　　她仰望着父亲高大威严的形象长大，她如愿成为与父亲一样的人，她是父亲的骄傲。

　　兰欣签发了弟弟的留置通知书。

　　父亲终究没有扛过那一击。他一个人孤孤单单躺在冰冷的墓地三年了。"爸爸，您想妈妈吗？想弟弟吗？您恨我吗？"兰欣从口袋里摸出几页有些破旧的信纸，慢慢展开。那是妈妈走时留下的，"欣儿，妈妈走了，永远地走了。你一定要保护好弟弟，不要给爸爸添乱……"兰欣的泪水又一次涌了出来。

　　叮叮叮，手机响起。

　　"欣欣你没事吧，在哪儿呢？"是丈夫急切的声音。

　　我没事，我来看爸爸了。兰欣忍住抽泣。

　　"你不能再走动了，我马上赶过去。"丈夫挂了电话。

　　兰欣醒来的时候，病房里没有一个人。她脱掉病号服，换上自己的衣服。她不能再等，她赶在医生护士还有丈夫过来之前，溜出病房，快速出了医院。

　　父亲离开几个月后，弟弟的判决书下来了。兰欣去看弟弟，弟弟没有见她。她的心像被掏空一样，只是很快又被工作填满。

　　兰欣是在上班时被同事拉进医院的。肺癌晚期，同事和丈夫一开始想瞒着她。可是她的眼睛就像CT机，不经意地扫过他们，就知道得八九不离十。这是职业敏感么？她知道她去日无多。

　　兰欣住院了。每天做着各种治疗，空下来看看书，听听窗外的鸟鸣。晚上，她会催丈夫回家陪孩子。独自一人时，她会想父亲，也会掏出妈妈的信贴着胸摩挲，偶尔还会想起弟弟骂她的情形，还有自己以后的样子。那时，她常常泪眼迷蒙。

　　站久了，腿有些酸疼，兰欣用手捶捶，挪开身子，弯下腰，把那束花拆开，一支一支，插在父亲的坟上。"爸，您等等我。

要不了多久，也许一个月，也许半年，我就去陪您，一直陪您。那时候，弟弟就回来了，他一定会带着您的儿媳、孙子来看我们的。"

兰欣慢慢直起身子，她看见那些花儿五彩斑斓。丈夫从身后揽住她，她舒了口气，靠住。

他们相扶着往回走，雨又下了起来，一滴一滴从他们撑着的伞上滑落，晶莹剔透。

后山渐渐模糊在远处。

有毒的人

⊙ 刘国芳

　　其实，组织上对他的一些情况还是有所察觉的。一天，单位主要领导和他谈话，领导说："据反映，你和一些开发商走得很近，经常在一起吃吃喝喝，出入高档会所和KTV。"

　　他急忙说："没有没有，完全没有。"

　　领导说："我们手里权力越大，越容易被人围猎，你越要保持清醒的头脑。"

　　他说："我会保持清醒的头脑，不会让人围猎。"

　　谈话进行了半个多小时，领导一直告诫他要廉洁奉公，守住底线。他不停地点头，表示一定会守住底线。

　　从领导办公室出来，他接到一个电话，一个开发商打来的，开发商问："在哪呢？"

他说："在单位。"

开发商说："见一下吧，我有东西给你。"

他说："好。"

很快，他和开发商见面了，开发商递给他一只手提箱，跟他说："这是一百万。"

他说："是不是多了？"

开发商说："不多，不是你在里面操作，我们哪能接到这个工程！"

他说："不能说出去！"

开发商说："我有那么傻吗，我说出去对我有什么好处？"

他说："包括以前拿的，都要保密，千万不能说出去。"

开发商说："知道。"

那时候正是饭点，开发商说："我们去吃饭吧，今天带你去一个没去过的地方。"

他点头。

然后，开发商就带他去了一家私人会所，会所不大，但装修得特别上档次，里面不仅可以吃饭，还能K歌。他们才坐下，就有两个美女过来了，其中一个一屁股坐在他腿上，还说："老板一看就是个成功人士。"

他说："何以见得？"

美女说："你的穿着告诉了我呀，你看你穿得多有品位。"

这话他特别喜欢听，他立刻心情大好。

这天，因为心情好，也因为美女会劝酒，他喝了很多。

后来，美女搀他去了一个房间，直到第二天，才出来。

好长一段时间，他都过着这样的生活，有开发商给他送钱，送美女，他沉湎其中不亦乐乎。

这天，开发商又来找他，跟他说："市里要修一条路，我们想拿下。"

他说："有难度。"

开发商又递过一个手提箱，他当然知道是什么，他说："我在里面暗箱操作，你在外面找人围标，里应外合，才能拿下。"

开发商说："好，就这么干。"

然后，开发商又带他去会所吃饭，但半路上他忽然不想去了，他说："整天去那种地方，也没什么意思。"

开发商想了想，跟他说："那我们去泡温泉吧。"

他说："这个可以去，我都好多天没洗澡了，正好洗一下。"

然后，就去了温泉，里面大大小小有好多池子，还有鱼疗馆，池子里面都是鱼，他对这个很有兴趣，进了有鱼的池子。

后来许久，他都一个人在这个池子里泡，当然包括擦洗身上，这一擦，就把身上的污渍擦了出来。那污渍不是一般的多，是很多。池里的鱼，一直吃着他身上擦下来的污渍，不知什么原因，后来，那些鱼都翻了白肚皮，死了。

就有人围过来，很惊讶的样子，大声说："这些鱼怎么都死了呢？"

又说："你身上是不是有毒呀？"

这事，后来当笑话一样传开了。

几个月后，他出事了，也就是说，他被抓了。

　　对于他出事，很多人都不觉得意外，有人说："早就知道他会出事！"

　　有人问："何以见得？"

　　有人说："这个人浑身是毒，有一次他去泡温泉，池里的鱼都被毒死了，这样的人，不出事才怪哩！"

　　都点头。

心　结

⊙ 曾利华

　　当蝉鸣声被秋风吹远的时候，县住建局的崔局长正想着休带薪年假回乡下张罗旧屋改造的事。

　　在乡下，父亲除了种点蔬菜外，最大的爱好就是钓鱼。当然，不钓鱼时，父亲也喜欢和村里的留守老人拉拉家常，小日子过得也算自在。崔局长呢，念着父亲孤身一人住在乡下，却又因工作繁忙，只能偶尔利用不加班的周末往乡下跑，陪父亲吃个饭聊聊天什么的，然后再回城。

　　每次回乡下，看着新房如雨后春笋般多起来，崔局长心里就会涌起一阵酸楚和愧疚。崔局长自幼丧母，是父亲一手拉扯大的，如今人家都住上了新房，而父亲依旧住着旧屋。可每次跟父亲提起旧屋改造的事，父亲就会打断他："这旧屋是青砖瓦房，住着舒服，改个啥呢？"

父亲执意不改，崔局长也没辙，心里却明显多了一个心结。

有一次回乡下，村里的二叔遇见崔局长，说："我说侄儿呀，你一个堂堂的住建局局长，村里就你爸住的旧房'亮眼'，什么时候也帮老人家改造一下啊！"

崔局长脸一红，心结就越来越大。崔局长觉得，父亲住的旧屋再不改造一下，面子还真没处搁了。

崔局长暗下决心，这次休假回乡下，无论如何也要做通父亲的思想工作，尽快将瓦房改造成水泥屋顶的平房。

可是，改造旧屋的工程也不小，自然要费不少钱。

而崔局长一个拿工资的，上有老下有小，哪有更多的余钱？

正为这事犯愁，一个关系较好的房产开发商找上门来，说："崔局长，改造旧屋这样专业的事，您还是交给我这样专业的人来做吧。您放心，从设计到施工再到装修，我全部跟进，保质保量！"

崔局长当然明白开发商的言下之意，也一再拒绝，但语气明显不够坚定。

就这样犹豫着，崔局长心里又多了一个心结。

父亲呢，得知崔局长休年假要回来住上几天，便提前腾出了一间厢房整理得干干净净，又抽时间去河里钓了条大草鱼，用清水养着。

崔局长回来那天，父亲起了个大早，跑到镇上买了几斤猪肉和油豆腐，同时特意备了五斤上好的米酒。

中午，崔局长和父亲坐在旧屋里，一边喝着米酒，一边聊着家常。

崔局长说："爸，咱家的旧屋必须改造一下。"

父亲说："不要，这屋还能住，而且改造难度不小，成本又高，咱不费这个钱。"

"这个您别担心，这些年我也有点积蓄，而且，我城里有个朋友对房屋改造挺专业的，他说……"

崔局长本想告诉父亲，自己在工作上帮过一个房产开发商，现在那房产商主动提出帮忙改造，但看到父亲的脸色突然变了，到嘴边的话又咽了下去。

父亲板着脸问："你一个拿工资的，上有老下有小，能有多少积蓄？再说，改造旧屋这样的事，用得着你从城里请人？"

……

一顿午饭下来，两个人足足喝了两斤米酒，让崔局长高兴的是，在费尽口舌宣讲乡村振兴政策后，父亲最终答应给旧屋"穿衣戴帽"：粉刷内外墙，地板贴瓷砖，更换房顶的椽子和瓦片。

下午，崔局长在厢房里看书，父亲走过来问："是不是陪我去钓鱼？"

"好啊！我也好久没去看看村前的小河了。"崔局长起身，随父亲来到小河边。

放下钓具，父亲一边从塑料袋里掏鱼饵，一边说："这钓鱼啊，其实也是一门技术活，下钩之前，一定得撒几把鱼饵，先让鱼尝尝甜头，之后下钩才有收获。"

顿了顿，父亲又说："你知道吗？鱼在吃第一口饵料时，心里总是很满足的，但贪图这种'好处'的后果就是——离死亡已经不远了！"

父亲漫不经心地说着，崔局长听后却如梦初醒。

崔局长拿出手机，走到一边，悄悄地拨通了那个房产开发商的电话，委婉地告诉开发商，父亲的旧屋不需要改造了。

两个月后，父亲的旧屋改造完成。特别是内墙，崔局长请本地的师傅用最好的乳胶漆刷得白白净净。

再回乡下时，崔局长住在屋里，心里亮堂了许多，而缠绕在内心的两个心结也终于解开了。

石　头

⊙ 远山含黛

　　上班途中，又见这块天天挡路的石头，长得跟那个他不想见到的同事一模一样，上面的一块黑皮，好像那同事的皱纹，越看越像，那家伙没事就找他的茬。它仿佛歪头含笑，你今天穿的衣服看上去跟昨天的一样呢，还穿着运动鞋，裤子跟睡裤似的，从卫生和礼仪的角度来看，不太合适哦。

　　它还嫌弃道：看看你这表情，目光呆滞，低头弯腰，哪像个有朝气的年轻人。

　　他脸红耳热，硬着头皮从它身边走过，但他的腿发沉，如灌了铅，迈一步也很艰难。

　　他使尽浑身力气，但走来走去，还只在石头周边打转。它似乎又在说：你现在才去上班有点迟了哎。他不由打了个激灵，加快步伐赶路，五分钟后，他仍看到这石头拦在前面。它还是不太满意，好像满腹疑问：你随身带的是什么呀？看上去是画板和颜料，怎么带着它们呢？上班时间也不忘练习画画？看来得在你的工作区域安个监控设施了。

这是什么石头呀？！让他有点恐慌惧怕，他盯着石头，哀怨地看了几眼，决定远离它。

惹不起还躲不起吗，我改道，愿你安好，他对着石头拜了三下。

他绕道另一小路，没走多远，前面怎么蹲着一块同样的石头？他觉得可能是自己眼花了，不信邪，他大步近前，定睛一看，果然是那块石头跟来了，怎么阴魂不散呢？罢了罢了，不跟它直面就是。

再绕更远点的大路吧，虽然这么走，会比第一条路远两公里以上，但只要不再碰上那石头，远点又有什么关系呢。他脚步轻盈，不知不觉中速度快起来，要把前面耽误的时间赶回来，按时到达单位，走了一程，不想那块石头又横亘在前面。

他俯身细瞧，确实是那块石头，面上青筋暴起、凹凸不平、颜色灰黄。只见它正咧开嘴，嘲笑着他呢：你想往哪走呢，转来转去，还是围绕着我呀。

他不想认怂，再试试改道呗。

连续换了五条不同的路，不想这石头总是形影相随，他感觉石头是被人挪着跟踪他。

他问了同事，有的说其实那些无非是路边普通石头，而且形状各不相同的。

　　有的同事说确实是同一块的石头，他们也被堵得慌。

　　他相信自己的眼睛，见到的石头就是他要避开的那块，一样的颜色、一样的形状。

　　这样绕着走还是避不开，他觉得烦透了，他决定走原先的路，这是最方便的线路。

　　他暗暗决定把石头处理掉，于是开始对石头采取行动。他约了几个跟他感觉相同的同事，备了三把铁榔头，大家分别对着石头的不同角度猛力敲打，然而石头的硬度超过了想象，铁榔头都被敲掉了好几个角，已无法使用，石头仍纹丝不动。

　　根据工匠的建议，他找来几个短而粗顿的錾子，又约了同事一起用錾子在石头上一线排用大铁锤凿，据说这样定能把石头分开、然他们并没有成功。

　　他反复查阅炸石头的资料，找到一条前人挤裂石头的经验。他在石头上打了好几个孔，在孔内放入膨胀剂，据说这样可以挤裂石头，但试验后仍无果。

　　无可奈何之下，他采纳了"文"的方法，带了红纸贴在石头的不同侧面，这下总可辟邪了吧，他放心地前行，但他还是在石头周围绕了一圈又一圈。

　　这石头似有神功附体。种种措施无效，他身心疲惫，绝望之际，向单位申请了休假。

　　他携带行囊外出休养，放松自己绷紧的神经。休假途中，惊闻石头被炸成粉末。是什么神力能炸毁这石头？是人为？是天灾？

　　同事告知他，他们费尽心思都挪不动的石头，居然被霹雳给摧毁了。

他结束休假紧急返回，马不停蹄来到石头堵路处，看到被炸得七零八落的碎片，从没体验过的快感油然而生，高兴得手舞足蹈，哈哈大笑。

如此坚硬的石头却也逃不过霹雳惊雷！

不久，同事因贪污被巡视组请去"喝茶"了！天意！

查桥墩的

⊙ 郭良正

城南大沙河上自古就没桥。

两岸人来往很不方便，尤其夏季涨水时，只得望水兴叹。

这几年县里经济好转，县财政筹些钱，向市里申请个专项，省厅又拨些款，桥终于建成了。

通车前，桥两端还有些未清理的土方，县政府动员各机关开展一次义务劳动，把土方清净。

马局长去市里开会前，把劳动的事委托给我。

我应承道："呵呵，不就是干活吗，你放心去吧，凭我这老骨头还能干不好？"

单位小，就马局一个领导，他一走，我这不是领导的也成了领导。

"小伙子们，别累着了，悠着些呀。"我给他们说，"你不心疼身体，你爸妈还心疼呢。"

小王搭腔道："嘿，郭叔，你比谁用劲都大，流汗都多。"

"哎，我在农村几十年，干活都习惯了，不隔三岔五干点活，手就痒。"说着，往手上吐口吐沫，又用劲干起来。

我一用劲，都不声不响了。这是咋了？纳闷间，眼一乜斜，电视台的摄像机正对我录像呢。

我不好意思，便停了下来。

拿话筒的记者马上过来："请问这位领导贵姓？"

"嘿嘿，啥领导呀，我不是。"

"不是领导，出的是领导力，请谈谈感受吧。"

好长时间没憋出一句话，看着我憨厚的样子，记者为我着急："别急，想起啥说啥。"

一股热流从眼里喷涌而出，看到我三十年前赶高考，过沙河的情景，随即说了好多。

记者走后，又来一拨人，带头的体型高大，一路走一路挥手，"大家辛苦了。"

这是谁呀，指手画脚的？我正纳闷，小李说："高书记，咱县的县委书记。"

他就高书记啊，我不认识他，反正他也不认识我，想到这里，又热火朝天干起来。

"这位同志，你喝口水吧。"高书记递给我一瓶矿泉水。

"我不渴，你喝吧。"沾满泥土的手推让起来，一触及他那一尘不染的手，不好意思地马上缩回来。

　　高书记手疾眼快，一把拉着我手聊了起来，工作、家庭、孩子无所不谈，周围一圈相机"咔嚓咔嚓"闪着，我几次三番想把手从他手里抽出来，都没得逞。

　　你还别说，高书记的手就是有福分的手，既柔又厚，是那种忠臣良将的手，这双手呀，还真能办大事呢。我这长满老茧的手放他手里，简直是对圣洁的玷污。想到这里，还得抽出来。高书记握得更紧了，"我代表县委和全县八十万人民，向你们这些勤劳的工作者致以革命的敬礼，闲了到我家去坐坐呀，你忙吧，我去看望一下其他单位的同志。"

　　我的天，看人家多自然，多礼贤下士。高书记走后，我深有感触地说："要是领导都像高书记一样，恐怕……"我又激动得说不出话来。

　　后来，我一直沉浸在被高书记温暖、干净、白嫩大手紧握的幸福中。

　　再后来，电视、报纸上再也见不到他了，坊间说他从那座桥上，"弄走俩桥墩"。

　　星期天，我特意到南河桥下踅摸一圈，看弄走的是哪俩桥墩。逐个看，逐个查，一个不少呀？回去给同事一说，都"哈哈"笑起来，就是不说话。

　　我理直气壮地说："笑啥笑，您要不信，去查查看。"

　　后来，他们给我送个绰号——查桥墩的。

　　回家给老婆一说，本想让她同情我呢，谁知，三个字给我打发了，再也不理我。

　　想知道哪三个字吗？告诉你——千万别跟别人说呀——"一根筋"。

　　我真是一根筋吗？哈哈哈，你懂的。

香　水

○ 邵宝健

　　费阿姨的女儿几年前去香港访学，回来时带了一些小玩意作为礼品分送给亲友们。费阿姨得到的礼品是一瓶外国香水。是法国货还是德国货不清楚，那些外国字母不识得，女儿也没说清楚。香水瓶是玻璃材质的，约有七厘米高，瓶盖就占了两厘米，瓶身瘦瘦的，是一种不规则圆柱和长方体混合的形态，里面香水量有限。旋开金属质地的瓶盖，那玻璃微孔里即刻散发出令人神怡的香气。这种香气类似于数种花香的混合气味，也有一丝近乎坚果炒熟的诱人气息，淡淡的，却经久不散。

　　女儿说："老妈，别小看它，这一瓶要九百港币呢。"

　　费阿姨笑着说："让女儿破费了，妈

老了，用不着这么贵的香水，还是你拿去用吧。"

女儿当然否定了妈妈的提议："就是给你的，年纪大了，更要讲究时尚。"

这样，这瓶价格不菲的香水就留了下来。

费阿姨十分珍惜这瓶外国香水，舍不得使用，就把它放在客厅书橱里，像供品似的展示。长期观赏，想象着它的香味弥漫，也是一种别出心裁的享受。

许多走在路上的女人都有这种内心的渴望：希望路人对自己回首一望，想让路人惊叹于自己可人的容貌，还有身上散发的可人的香气。费阿姨虽然骨子里也崇尚艺术和美，但并不是这类想要吸引他人目光的女性。

费阿姨年轻的时候可是个大美人，即使至现在徐娘半老也称得上风韵犹存。只是她退休后倾心社区公益事务，已失去打扮的热情，每每素面朝天，我行我素。

淡淡的香水气息，让她想起了她的初恋，虽然她没能和初恋结婚，但她婚后的生活应该说是幸福的，丈夫是她大学同学，待她很好，很爱家也很爱她。闻到这种诱人的香气，让她想起自己的已逝去的青春，那时候虽然在大西北当农民，艰苦、穷困又无奈，毕竟都熬过来了，后来还上了大学，在一家国企当工程师直到退休。这淡淡的香气还让她想起许多美好的事情，比如女儿出生，女儿考上大学，女儿拿了硕士学位，女儿恋爱了……

她女儿几次来家，问起她有没有使用过那瓶香水，她总是佯称用过了，她实在舍不得用完它。

有亲朋好友来，她会不厌其烦地打开书橱，取出香水瓶给来客看，客人们都会做出凑近香水瓶去闻吸的姿势，然后说"好香啊，有女儿真是好福气"之类的客气话。而费阿姨听了，脸上会漾出幸福而愉悦的笑容，有种在身上洒了足量的自己喜欢的香水似的舒适感。

　　几年后，女儿出于好奇，从橱窗里拿出香水瓶，打开盖子一看，香水已经全部挥发完了，只留下淡淡的稍纵即逝的香味。

我的青春我做主

⊙ 任贵英

　　考试结束，大学生们开始议论大四寒假做什么。学生会主席英兰说："咱们全班要完成好毕业论文，做好招聘准备。"有男生说道："我们去学开车，到哪单位都问有车本儿吗。"有女生小声说："去广州整形医院，那有韩国整容专家。"大家一呼百应。英兰着急忙慌说："大家还是抓学习，写好毕业论文，真才实学是真本领。"

　　当女生们大多奔向南方改头换面，男生去学车时，只有她刻苦学习，出入图书馆写毕业论文。

　　开学了，一个个漂亮女生出现在班里，男生们欢呼着，"从我们这里选帅哥吧！"女生们说："我们要找大老板，你们有钱吗？"

面对同学们的变化，英兰大吃一惊，但还是准备好材料与大家一起一次次参加招聘会。

每到面试环节，看着扁平脸、厚眼镜的英兰，面试官总是说："口才虽好，但，等消息吧。"

她一次次落选。几个月后只有她没有接收单位。

不久美女同学们都走了。英兰也走进整形医院。当再一次开招聘会时，只见一位高挑女生，一身红上衣，娇艳红唇，大眼睛高鼻梁，马上吸引了人们注意力。"哪学校的美女，快上这儿来。"整形后的英兰，许多地方抢着要她，简历还没看，招聘方就说"来我这儿！"而她只说"我考虑一下"。

她将全场的招聘单位都挨个转了一遍。

一个HR紧追着她说："我们就要你这种形象的人！"

她说："你们公司仅凭脸决定用人，能长久吗？"

说完，她扬长而去，留下一抹红艳的背景。

后来她到深圳，办起了家政公司，很快成为女企业家。

三军司令

⊙ 钟华昭

西亭乡来个新书记，平头，操本地口音，说话干净利索，才上任就跑遍了全乡，说靠山吃山，让农民上山种果树。老何挺感兴趣，书记就亲自跑到老何家。据说两人一下就聊开了，第二天老何就在山上整起了平台。

书记带着农技人员出现在老何的地里。

乡干部埋怨：怎么能把老何的事当成自己的事？

附近村的干部来了，在老何的平台左看右看；邻近的村民也来了，陆陆续续。有人笑问老何，书记酒量如何？老何大拇指一竖。很快老何的十几亩山地种上了油奈。

各村出现了一个又一个平台，有种梨的、种李的、种桃的……

一天凌晨，乡政府响起紧急集合铃声，正是秋冬森林火灾高发季节，在乡镇工作过的一听便知发生火灾了。书记早已站在乡政府大坪上，干部们衣衫不整，好一会儿才集合完毕。

书记喊话："立正，向右看齐，稍息！你们看看，你们看看，稀稀拉拉，等你们救火，山上的毛都烧光了！干部要像干部的样子，干事要像干事的样子！今天是测试，下次紧凑点，回去休息吧。"

第二天全乡就议论开了：书记干事像打仗，听说当过步兵。

有人附和说书记口令确实叫得很响，能当陆军司令。

三年一过，书记走了。水果成熟的季节，书记家院子里总会莫名出现形形色色的水果，没人看见是谁提来的。

书记心里明白，是西亭人的。其中有老何的柰果，看着就感到酸了，想想，应该是丰果期过去了，就给老何去了个电话，说果园该改良了。

电话那头，老何半晌才说："我正寻思这事呢。书记，您咋还记得？"

又来了一个书记，又跑村又开会，问大伙接下去怎么干。村民都说现在日子已经很好了，不用再干了。

书记说："那不行，要更富！"

村民心里一动。

书记又找干部开会，问怎么干。都说有难度。

"没有难度要我们做什么，靠水吃水，把不好种的地筑成鱼塘。"

县里来了专家，有水产的，有水利的，跟着书记各村跑。

临走那天，书记宴请专家，专家就考验书记酒量。一会儿，有专家往门口跑，陆陆续续又有专家出来，扶着树……过后，门口满是浓浓的酒味……

有人打听书记的酒量，专家说，海量；又补一句，是海军司令！

每逢年底，书记家门口就出现很多桶，里面盛着鱼。书记说："这么多，咋吃呢？！"后来书记的门口就出现鱼片，那是西亭最好的捶鱼干。书记说："咋这样嘛？！"

又来个新书记，召集各村干部学习新农业产业发展精神。书记白白净净，戴眼镜，矮矮胖胖，一口标准的普通话，说了两个多小时没看稿。有些村干部听不太懂，大概弄懂是要把水稻改成抛种，强势推进，各村下任务。

有人嘀咕，插秧插了千百年，一下改成抛秧能行？有人说，看样子这个书记不好弄哩，矮子古怪多！

村干部回去宣传抛秧，村民不信。

抛秧？咋抛？稀稀拉拉，还提高产量？书记家先试，我们看看，真产量高，明年来得及。

村干部觉得村民说得有理。

西亭打了包票完成五百亩。书记要求每村完成五十亩，否则摘支书"帽子"。

各村支书心想，那就不当了。乡政府所在地的村支书思量着还得当；就自个儿把自家的五分田抛秧了，据说跟老婆吵架了，孩子也不支持。

县委书记带着全县的乡镇书记在西亭开现场会。

各乡镇书记心里七上八下。

浩浩荡荡一行人在田间转来转去，县委书记的脸上笑容慢慢地散去，转阴："究竟多少？"

"半亩。"带路的书记汗如雨下，不敢抬头。

县委书记悻悻而去。

其他人终于松了一口气，忍不住就骂着："真是空军司令！"

一年后，村级换届，审计查出村里资金往乡里书记个人账上走了，数额巨大。忏悔录中他写道："我总认为是书记管党，才知道是党管书记。"

此后，书记一茬又一茬，西亭出现了大棚，一年比一年多，棚里各式各样的花卉、反季节蔬菜，应有尽有。西亭成了远近闻名的花果之乡、水产之乡。西亭人把书记分成两种：一种是想着西亭的，另一种是想着自己的。

最后一宗命案

⊙ 孙毛伟

　　靳时光退休在家不久，老伴就觉得他有点不对劲。一平时爱说爱笑的人忽然变得沉默寡言。时而皱着眉头在屋里踱来踱去，心事重重的样子；时而一声不吭地坐着发呆，你跟他说话，他也嗯嗯啊啊地应和着，可过一会儿你就会发现，他根本不知道你说了些什么。老伴问他：你是不是有什么心事啊？老靳倒反问：我能有什么心事啊？老伴想：是啊，退下来了，想吃吃想喝喝，想出去玩抬腿就走，再不像过去，刚端起饭碗手机响了，撂下饭碗就得出现场，也不会为棘手的案子拿不下来抓心挠肺了，还能有什么心事？

　　老伴很担心，跟女儿婷婷说。婷婷倒没觉得是个事，很老到地对妈说："没事。

这是退休综合征。我们单位不少职工刚退休都这样。爸以前整天忙得跟陀螺似的，猛一闲下来就会不适应。给他找点事做做，有个爱好就好了。"

老伴觉得婷婷说得有道理，转天就拉着夫君去了花卉市场，巴西木啊，虎皮兰啊，龟背竹啊之类的花草买回一堆，摆在阳台上煞是好看。她想让他像许多退休老人那样喜欢上种花养草，老靳倒也没说不喜欢，也常去阳台上看看这些花花草草，有时还拿鼻子凑到花上闻闻，隔三岔五也浇浇水。这老伴就很高兴了，爱好不会一下子附身，得慢慢培养。可是，很快她的愿望就碎了一地。她去外地走了趟亲戚，回来后看到阳台上那些鲜嫩可爱的花草都枯死了。

婷婷又献计说："现在很多老人都迷摄影，拍得作品还很像那么回事，还有参展获奖的呢。"老伴又听从了女儿的建议，到老年大学给夫君报了个摄影班。婷婷还花三万多给爸买了台单反相机。可老伴从没见他摆弄过，一直在柜子里束之高阁。问他，他说开始先学理论，暂且用不着。老伴半信半疑，直到有一天，她遇上一老同事，说起丈夫在老年大学摄影班上课。老同事说她也在那个班学摄影，接着就问："开学第一天上课见过你家老靳，以后怎么就再见不到他了呢？"

后来老伴留意到，丈夫并不是没有爱好。不知什么时候，他喜欢上了玉，常把几个温润滑爽的和田玉小物件拿在手中把玩，还有几个玩友时常交流。古玩玉器市场是他常去的地方，本市几家市场里经营玉器的店铺和摊位他都熟悉得像进自家厨房似的，与店主也都熟络得像多年老朋友。不过他的光临从没给店家带来一笔生意，都知道他一向是只看不买。虽然他总是叮嘱店家，来了新玩意儿一定要让他看看，可看过之后他总能在物品上找出点瑕疵后遗憾地放弃。店主人倒也不因此嫌弃他，靳老爷子也算是个行家，论起和田玉来，籽料、山料、皮色、棉点、烧皮子什么的说的一套一套的，和他侃侃大山也是好的。

可是有一天，老靳出手了。在一个不起眼的地摊上，老靳鹰隼般的眼瞟见了一件东西，顿时眼睛直了。当时正有一买主把手伸向那件东西，老靳手疾眼快把东西抓了过来——市场规矩，东西被谁抓到手里，别的人就没有发言权了。那是一只巴掌大小，做工精美的和田玉籽料济公造像挂件，戴着旧毡帽，摇着破扇子的济公雕刻得栩栩如生。当他看到济公鼻翼旁的一个黑点时，他激动得手都颤抖了，喃喃地说："四年了，你让我找得好苦啊！"

四年前，时任刑警队副大队长的靳时光接手一件命案。一小偷白天潜入一户人家行窃，正遇女主人返回，发现小偷喊叫起来。小偷怕事情败露把女主人杀害后逃走。小偷很老到，现场没留下任何痕迹，唯有男主人提供的失物中一件价值不菲的济公玉件的照片可以作为线索。此后，他一直把那张照片带在身上。案子一直没破。他退休了，这个案子成了他从警以来唯一一宗没有侦破的命案。那个小小的济公玉件也像一块巨石一直压在心头。

老靳摩挲着"济公"问摊主："什么价？"摊主何三和他也熟络，大度地给了优惠价："别人我得要两万。你要，一万八拿走！"老靳也不还价，爽快地说我要了。他收起货，站起来拍了拍何三："中午聚福楼，我请客。你把这个济公的故事给我好好讲讲。"

鱼　饵

⊙　苏丽梅

　　小丽到某单位就职，负责林书记办公室的文书处理。

　　这天，林书记让小丽下班后留下来，要带她和李娜一起到外面吃饭。

　　李娜妖娆多姿，善于交际，单位有什么活动，都少不了她。小丽对她印象深刻。

　　下班后，三人来到门口，司机早在外面等候了。

　　三人上了车，二十分钟左右，车在路边停了下来，书记说："我们走路上山，顺便运动运动。"

　　三人并列前行，他们经过一家五星级酒店，李娜说："自从反腐倡廉以来，这些酒店都要倒闭了。"林书记微笑着，没说话，快走几步在前面带路。他们从酒店旁边的一条小路经过，路边很多摆摊的，吆喝声一片。

　　穿过喧闹的集市，他们一直往前走，没多久，一条小路渐渐显露出来，蜿蜒曲折伸向林中。路的两边，树木郁郁葱葱，不知名的小花热烈地开放着，从树林深处传来鸟儿啾啾的叫声。

　　过了一会儿，眼前豁然开朗，视野所见之处，有菜园、有池塘，好一派田野风光。

　　前面有个凉亭，凉亭里摆放一个大理石茶桌，茶桌上烧水壶正"噗噗"冒着热气，里面坐着几个男人，有人站起来跟林书记打招呼，揶揄道："林书记带两位美女赴宴啊！"林书记哈哈大笑，说："这不想着给我们的晚饭增添点靓丽的色彩嘛。"大家"嘿嘿"地笑，笑声意味深长。小丽涨红脸，转身看李娜，李娜正娇滴滴地和"李总""王局"打招呼。从他们的谈话中，小丽得知这几位都是各个单位的领导。叫李总的男人调侃道："林书记，你没来，这好茶我们都不敢开封啊。"大家又是一阵哈哈大笑。说话的间隙，李总已泡好茶，大家一边喝茶一边拉呱，并蜻蜓点水地聊起各自的工作。

　　前面池塘处，叫张总的男人手持一把钓竿，静等鱼儿上钩；边上的菜园，一个女人在摘菜。小丽从大家的谈话中得知这个农场是张总的，张总说，农场的青菜、鸡、鸭、池塘里的鱼，都是他安排手下在打理，绝对是无公害绿色食品。

　　大家正聊得起劲，传来张总一声惊呼："好，上钩了！"果真，一条三斤重的鱼在钓竿上活蹦乱跳。一行人围了过来，夸张总钓鱼技术好。张总说："我这可是活水养的鱼，你们看，水从那边进来，从这边出去，所以啊，我这鱼肉质绝对鲜嫩。要说这钓鱼啊，简单得很，鱼饵往水里一丢，这不，鱼就咬钩了，哈哈。"说话间，从屋子里跑出一个男人，头上戴着厨师帽，张总交代他说："做水煮活鱼，大家喜欢吃。"厨师连连答应，接过活蹦乱跳的鱼，两只手死死抱住，急急地跑进屋子。

　　大家回凉亭坐定，继续喝茶侃大山。大约过了十几分钟，有人喊"开饭了"，一行人移往室内，按照主客落座。桌上已摆满了菜，服务员给每人面前放了一罐吃的，小丽第一次见这玩意儿，听大家说才知道是燕窝，她偷偷观察别人如何打开盖子，如何拌进乳白色的椰汁，如何在碗里搅拌几下。搅拌完，小丽小心翼翼地尝了一口，味道果然极佳。张总站起来热情地给大家的碗里各夹了只阳澄湖大闸蟹，边向大家介绍大闸蟹的养殖方法。眼前的大闸蟹香气诱人，与自己从菜市场买的，简直是天壤之别。

　　宴席在热闹、愉快的气氛中进行，大家吃得兴致勃勃。张总一一给几位领导敬酒，敬酒的当儿，总要向对方客套几句，例如："感谢王局支持，等这项目结束了，我们好好喝一杯。""李主任，您好久没给我项目了，多关照小弟呀。"张总打通关后，其他人也开始相互敬酒，觥筹交错、猜拳行令、热闹非凡。

　　临别时，大家和张总一一握手告别，张总叫手下从池塘里捞了几条鱼上来，用袋子装好，送给几位领导，林书记也得到了一条活蹦乱跳的鱼。张总边送大家上车，边扯开喉咙喊："经常来，别客气啊！"

　　有段时间，小丽没在单位见到林书记了，这天，小丽在报纸醒目的位置看到林书记的名字，报道称：林书记没把握住鱼饵的诱惑，被人钓上钩，触犯了神圣的法律。

生　计

⊙　曾立力

生计是一个人，也是一种行为，难以分辨择清。

生计不是本地人，却在本地颇具知名度。

刚来时，生计做得并不大。也许是外来的和尚会念经，菩萨显远不显近吧，奇迹般地逐渐做大。

做大了的生计，从不装大。他走路的姿势有点怪，身子前倾，两只手像两片桨似的不断向后划，乘风破浪的样子。当他从大庭广众中匆匆穿过，遇见熟人总会立马停住脚，主动上前握手、散烟、打招呼，人缘极好。

好人缘的生计，喝酒有人敬，说话有人信，经常出入各种饭局。有时是他请别人，更多时候是别人请他。嘀嘀！手机上一扒拉，位置图发过来了，没有找不着的地方。

觥筹交错、酒酣耳热间说些体己话。现在的人，话说得最多的不是在酒桌上牌桌上，就是在微信里，不是吗？

数典不忘其宗，生计说得最多的自然还是生计。

小时候，家里兄弟姊妹多，干活的人少，吃饭的人多，嗷嗷待哺。他和吴非是一个村的同伴，一到青黄不接，父亲便挑担箩筐去吴非家里借粮。吴非爹是个精明厚道的庄稼人，每次借粮，从未过过秤。那是个多大的情分！因此父亲老惦记着怎样还他们家这个人情。

机会终于来了，这年市里来招人，学校推荐时本没有吴非的份。父亲正好在这所学校任教，心想，吴非长得挺拔俊朗、一表人才，只要被推荐上，准保能选中。私下便找校长商量，反正学校只负责推荐，多推荐一个有甚关系呢？硬是把吴非给塞了进去。

果不其然，如愿以偿。

后来吴非进步了，只要父亲上市里，吴非必设宴款待。而且不论谁在场，第一杯酒必定先敬恩师，感谢老师多年来的教诲。脖子一仰，干了！

第一次去找吴非，是生计初来乍到时。人生地不熟的，干什么都难。当时到处都在搞小街小巷改造、美化亮化，他也想试试，从这块大蛋糕上分一杯羹，便去找吴非。吴非得知他的来意后，先是迟疑片刻，最后还是给项目指挥部打了个电话：这次小街小巷改造，我有个老乡，也不知他行不行，你看。如果行，让他弄一条试试，不行，就算了。

　　一百多条小街小巷改造，谁干不是干？谁说吴非同志的老乡弄一条就不行呢？

　　站稳脚跟后，他并没再去找吴非，照样也能把事办成。有吴非的招牌杵在那，少有办不成的。哪能老去找呢？

　　但往往也有身不由己时。

　　朋友犯了点事，进去了。朋友的老婆天天哭哭啼啼地来找他，你说他能不去吗？他也很苦恼。

　　找到吴非，吴非给他倒了杯茶，情况没听完便打断了他的话，"司法独立，我说有用吗？"当场一口回绝了他。他坐着不走，吴非又说："有什么必要呢？"他赶紧说，这人帮过自己不少忙，两人差点成为儿女亲家……吴非这才拿起电话问了问情况，说："一切从有利于经济发展的角度出发，尽量做工作，尽量从轻。当然喽，一切得以事实为依据，以法律为准绳，按法律办！"

　　不管最终的处理结果如何，只要他尽了力，当事人认为他这个朋友没白交，他就心满意足了。

　　这年的天气有些反常，末伏这天生计点了伏鸡、伏狗、冰镇啤酒，约了个饭局消暑。碰巧村里来了位知根知底的老乡，正好一块吃。生计也是说顺了嘴，忘了这人在场，席间有好事者跟老乡打探。那吃货可能是酒喝高了，想都没想脱口而出："俺村里打祖宗八代就没吴非这个人，生计他爹也不是什么老师，就是个打杂的校工。"

　　此言一出，满座皆惊。

　　真菩萨跟前不烧假香，当着老乡与大伙的面，生计只得尴尬地承认，都是他虚构的。

　　这话犹如晴空霹雳，顿时大伙面面相觑张大嘴巴愣住了。没有人不惊讶，我的个神啊！这虚构也虚构得太逼真了吧？

　　生计瞥了大伙一眼，不好意思地说，他来这之前做过网络写手，这点事难不住他。

　　室外骄阳似火，大街上人头攒动，红尘滚滚。

　　结局一，赶紧溜之大吉，从此饭局上再无生计的身影。

　　结局二，老乡的话对生计并无影响，外甥打灯笼——照旧。世界这么大，谁会相信都是他虚构的呢？人们宁肯信其有。

沙打旺

⊙ 佟掌柜

天刚亮，被疼痛折磨得一夜没怎么睡的富财，突然逼着儿子去周老坦儿家借马车，他要去村子前那片万亩樟木林看看。

翠花知道老头子脾气倔，他决定的事十头牛都拉不回，就帮他穿上厚厚的棉衣，还在马车上铺了一床厚褥子。

自从去年深秋富财被检查出肝癌晚期，总算在家中能看见他的人影了，翠花恨不得对他百依百顺，好让他身体赶紧好起来。

三月初，春寒料峭。非要跟来给富财赶车的周老坦儿，嘴不失闲地和富财聊了一路。

"老书记，看你这精神头不错，大伙儿的心就踏实了。"老坦儿慢悠悠地挥动着马鞭，尽量让马车平稳。

"哪有不生病的人！我没事，老天爷还不想收我呢。"富财凝望着眼前这条伸向远方的公路对老坦儿说。

老坦儿顺着他的眼光看过去，说道："你这大半辈子啊，净为大家伙儿忙了！要不是当年你跑断腿地去县里、镇里求那些当官的立项，这条路猴年马月能修上？那时候家家没钱啊，但你说能行，咱都信。你还记得不？你带着大家伙儿白天顶着大日头，晚上顶着星星，手担肩扛、马拉人拽地干活，还真别说，真把这条路修通了。看把那王辉神气的，第二年他就养了五十头牛，成了咱村第一个年收入过万的富户。"

"那是2002年吧？当时你周老坦儿可没少发牢骚。"

"老书记，瞧你说的，当年说怪话的可不只我一个，可后来谁不说你这决策英明？没有这条路，我们上哪儿脱贫去？"

车轮吱嘎嘎地响着，偶有喜鹊在视线中飞来飞去。

"老书记，从前咱这块儿哪能见到喜鹊啊，整天风卷着白沙子，走对面都看不清人。"

"可不是，我记得小时候，刮一宿风，门被沙子堵得推不开，只能从窗户跳出去。"富财的儿子插话道。

"你爸可真是犟种。这村子二十五年前曾被宣判生态死刑，国家让咱们整体搬迁。他把大家召集起来，说：'老祖宗把我们扔到这儿，如果再不治理，屯子就保不住了，我们走到哪，都是没家的人，我们必须要治沙！'当时大家都说你爸病得不轻，在这漫漫白沙上种树谈何容易？你爸是说干就干，整天一手扛铁锹、一手拎水壶地在这沙地里种树。大伙儿禁不住他挨家挨户地劝，就一起跟他干。头一天把树栽上，第二天早上一看，树苗都刮跑了，再种，再刮跑，再接着种……"周老坦儿说到这儿，顿了顿，用那只没握马鞭的左手，揉了揉眼睛，"那些活儿，现在想起来都累得慌。你爸要求可严了，种的树都用手拔，能拔动的必须返工，不少女的累得直哭。"

"我记得那年我爸包下二百亩荒沙坡贷款一万元，我妈没少跟他吵架。"

"可不是！你爸当这么多年书记，你家愣是没沾过一点儿光。不只没沾光，还净跟他遭罪了……"

马车终于停下了，万亩樟松林就在眼前。它像一望无际的海洋，在这乍暖还寒的春风中，呼啦啦地起伏着波浪。

富财将棉袄裹了裹，在儿子和周老坦儿的搀扶下，下了马车。

林子边有一条细小的沙道，富财蹲下身，指着刚刚见绿的沙打旺，对儿子说："儿子，我们要向它学啊，风沙愈猛，它的枝叶越茂盛，根抓地愈牢固。"

说完他站起身，甩开儿子和周老坦儿的手，一步步走进林子。粗糙的手掌摸着一棵棵不算茂盛却傲然挺立的樟子松，像抚摸自己的孩子。

"儿子，等爸走了，把爸埋在这儿，俺要永远守着这片林子。"富财的语声坚定，眼中没有流露出丝毫的悲伤，而是散发着灼人的光亮。

儿子和周老坦儿都没言语，狠狠地点了点头。

他们在林子里足足转了一个多小时才回村子。

这天后，富财就再没下过地。

昨天半夜，翠花被富财推醒了。富财的手轻轻握着她的手，声音异样地说："翠花，你听，咱家房顶的瓦裂了，我听到有人进来了……"

翠花竖着耳朵听了半天，什么声音也没有，再跟老伴说话，发现他又睡过去。

窗外的风猛烈地吹打贴着红剪纸的窗棂，村外那片万亩樟子松，在风中发出一阵阵低沉呜咽之声，有一株沙打旺竟逆天地长出了花苞。

穿一只官靴回家

⊙ 刘怀远

　　光绪三十年，父亲去千里外做官，小文从邻居们的交头接耳里听到"三年清知府，十万雪花银"的话，说他父亲虽不是当知府，却是当一个比知府更能一口吃成大胖子的盐务官，本来就富庶的张家，这回更成巨富了。

　　父亲去淮北一个大盐场任职，过了一年，母亲去看望父亲。小文拉住母亲衣襟不让走，母亲说："回来给你买好多好吃的！"

　　院子里的大银杏树绿了黄，黄了绿，母亲终于回来了。小文没有看到邻居们口中的雪花银，反倒是母亲身上的簪子、耳环、戒指都不见了，手腕上沉甸甸亮灿灿布满璎珞的金镯也不见了，那可是她的最爱呀！

　　小文疑惑地问："路上遇到强盗了？"

　　"你是问我的首饰吧？你父亲到任后，除了管理好盐务，还组织修路，建仓储粮，开设工厂，人们都称赞你父亲施政有方。两年后，那里闹了大洪灾，很多逃难来的人饿肚子，你父亲立即抢险赈灾，安置流民。很多孩子和家人失散了，你父把全部俸银和从家里带去的千两银子都捐出去，在司衙旁设济婴所，收养了一百六十多名灾童。为了让孩子们吃的好些，我把随身的所有首饰都捐了出去。"

　　"那父亲怎么没一起回来呢？"

　　"本来要调他到别处任职，但当地百姓向官府恳求他留任，就又留下了。"

　　几年后，父亲终于回来了，除了随身行李，只多出来一块牌匾，父亲把它挂在厅堂正中。小文问母亲上面是什么字，母亲说是"粒我烝民"，意思是老百姓吃上了饱饭，很感谢父亲。

　　宣统元年，父亲又去安丰盐场当盐课司大使，那是淮南最大的盐场。

　　银杏树的叶子金黄了三次，父亲才回来。母亲清理着父亲的行囊，疑惑地问："这回你真的遇到强盗了？"

　　"你怎么知道？"

　　"强盗还什么都抢啊？"

　　"走出安丰百里，路遇剪径，但强盗一听我是卸任的安丰盐课司大使，说久闻清官大名，马上让行。"

　　"可你的官靴少了一只呀！"

"这呀，是我返乡的那天，百姓涌向街头为我送行，把路堵得水泄不通，还有人紧紧抱住我的大腿，声泪俱下竭力挽留。情急之下，行路心切的我只好脱下被抱住的那只官靴，百姓们立刻把那只靴子高高地挂到门楼上，高喊：'希望继任官员能以张大人为榜样，做到造福于民！'"

小文问："您做了什么？"

父亲欣然一笑，说："都是些琐碎小事，没有一件能惊天动地。"

"说一说嘛。"小文央求着。

"我打击了欺行霸市的奸商，铲除了鱼肉百姓的黑恶势力，公正调解盐民纠纷，不贪一文不义之财。再就是一直关心盐民的疾苦，比如说每年的除夕，我会让人背一袋铜钱，看谁家没有炊烟就从窗口扔进一些。有一次他们用力大了点儿，铜钱打破了人家的铁锅，害得我大年初一买了新铁锅去赔给人家！"

母亲在一旁笑个不停。

父亲问："这么可笑吗？"

"我还在想，众目之下，一只着靴一只光脚的父母官走路的样子……"

父亲也笑起来，笑完又神情庄重地说："百姓是善良的，其实他们的要求非常低，为官一任，只要能脚踏实地办实事，解决群众困难，不瞎折腾，百姓安居乐业了，就认定你是好官。但愿我走后，那里的人们能够继续安享太平。"

"邻居们都小声嘀咕说你傻呢，说本可以肥得流油的盐务官，你非要清正廉洁，不但不捞钱，还捐出俸银救济百姓，一个小小的芝麻粒儿官，做得再好，离了任谁还会记得你！"

"为官一任，为百姓做些实事，对得起肩负的一份使命，我从未想过让谁记住我。"

母亲赞许地点点头，小文好像也听懂了父亲的话。

清正廉洁的芝麻小官会被历史忘记吗？

时光流逝，百年后的今天，当他的曾孙们来到江苏省东台市安丰镇，惊讶地发现：街巷里依然传颂着他公正办案的故事；纪念馆里敬奉着他的绣像和蜡像；他挂靴还乡的"四圈门"成了保护文物；市委党校把他和曾造福此地的宋代范仲淹等人一起作为本地廉洁奉公的楷模；他清廉勤政的形象被上了戏曲舞台……

他叫张仁芬，字季郁，湖北汉阳丰乐里人，即现在武汉市东西湖区柏泉街。

"钓"龙虾

○ 滕敦太

　　放下电话，郑文有点沉不住气："咱爹是不是脑子出问题了？说多少遍了，我现在处在关键时刻，怎么能帮老家去炒作钓龙虾？这不是没事找事吗？"

　　水平永远是平静的样子，她仰起头思索一下："我看这事不寻常。咱爹一辈子老革命，这么着急让你回老家，会不会身体……"

　　郑文心里一震，自己提拔前的考察期，老领导特地叮嘱自己，这段时期一定要低调。住在农村的爹上周打电话，让他带媳妇孩子回老家钓龙虾。当时就拒绝了。想不到老爹居然一天一遍电话，一定要让他回老家体验一下。说："知道你特殊时期要低调，你悄悄来，咱低'钓'不行吗？"

　　郑文心里埋怨：真是我的亲爹啊！自己现在的位置什么没见过？值得大老远回老家钓龙虾？衣锦还乡，还怎么低调？

　　水平心思缜密，一条一条分析："咱爹是明白人，也知道咱们不稀罕钓龙虾。这么一再催促，恐怕有别的事。这些年你忙事业，咱们回老家的次数不多。正好周末，咱悄悄回，先不告诉爹，免得走漏消息惊动地方。"

　　开了辆旧车，一家三口进了村，没人注意。老爹老妈搂住孙子宝儿，开心得掉眼泪。看爹妈身体好精神都好，郑文有些不解，说："爹，我特殊时期要低调，不要告诉别人，我们下午就赶回去。"

　　想不到老爹痛快地点头，说："我懂，咱吃了饭就去钓龙虾，不耽误你们回去。"

　　钓龙虾的地点离村里有段路程，很大的一个塘子，每隔一米就有一个简易钓台。看塘人给他们一人一个小桶，一根钓竿。大中午的日头晒人，在塘边钓龙虾的人不多。老爹特意选了一个偏僻的位置，还为每人准备了遮阳斗笠，这让郑文很满意，斗笠一戴挡住了脸，老爹真懂自己的心思啊。

　　宝儿突然嚷了起来："我这个钓竿没钩！"

　　水平还是平静的语气，说："不用过去换了，用我的。我给你们拍照。"郑文急忙悄声说："可不要发朋友圈啊。"水平笑笑："我懂。"

　　宝儿又嚷起来了："这个也没有钩。"郑文看看自己的钓竿，也没有钩。他望望老爹，老人看着孙子，慈祥地笑着："宝啊，爷爷跟你讲，钓龙虾不用钩的。你看小桶里有肉，把肉拴在钓绳上放在水里，龙虾见肉就咬，咱就手到擒来了。"

"这么容易？"宝儿麻利地拴好肉，像钓鱼一样把钓饵甩到水中，等不了一分钟就开始提钓竿。郑文刚要说沉住气，却见宝儿的钓竿上果真有只龙虾紧紧地咬着肉饵。

宝儿兴奋地大叫："妈，快帮我放到小桶里，咱们比赛谁钓得快。"

水平童心大起，很快钓上一只龙虾。那边，宝儿大叫："我又钓了一个！"

郑文一边钓着，一边陪老爹说话。当地搞了这个项目，根据季节可以养龙虾，也可种水稻，综合利用。郑文灵机一动，这个农村增收的项目宜于推广。

心情大好，钓龙虾的动作也快了，很快钓了小半桶，加上其他几人钓的，够两家吃的了。

来钓龙虾的人慢慢多了，郑文与水平使个眼色，水平和气地开了口："爹，您也知道，郑文这段时间要低调，这次回来看爹妈身体都好，我们就放心了。有什么需要我们做的您就说吧。"

想不到老爹乐呵呵地说："我就想让你们回来钓龙虾，别的什么事也没有。你们要是急，就直接回去吧，不能耽搁郑文的事。"

回去的路上，宝儿兴致勃勃地逗弄龙虾。郑文一边开车，一边问水平："你说，咱爹这么急地催我回来，就为了钓这个一多小时的龙虾？"

水平笑吟吟地望着他，不说话。

郑文咳嗽了一声，"我今天有个意外收获，这养龙虾是个农村致富好项目。我要写一篇文章在媒体推广。"

水平还是笑吟吟的，说："媒体宣传，不低调了？"

"对老百姓有利的好事，为什么要低调？通过今天钓龙虾，我还要做一件事……"

水平笑着，用眼神示意郑文说下去。

郑文提高了声音，说："爹是老革命，一再催我回来钓龙虾，我已经明白了他的心思：龙虾贪吃，见到肉就咬，就算被人钓起来也不松口，下场可想而知，这是对我的警示啊。我决定了，这几天就组织中层干部，集体来这里钓龙虾，让他们都感受一下。这次集体钓龙虾个人出钱，不仅不低调，还要高调！"

印校长

⊙ 聂国骏

　　印善为是一所社办中学的校长。二十世纪的七十年代末，八十年代初，师资短缺，印校长偶尔也会为生病或家有紧急情况的老师代代课。由于他勤学多思，归纳总结能力强，代的语文、政治等课很受学生欢迎，只有代的一次化学课，使上课的学生心有余悸。当时化学老师因病请假，印校长为了不影响课程安排，迎难而上。那堂课是讲氢和氧结合产生水，为了证明定义，现场要做实验，不知是氢氧的配比有问题还是操作程序有误，反正在二者燃烧出水之前发出了强烈的爆炸声，结果是室内的学生往外跑，操场上体育课的学生往教室跑。由于有此经历，凡学校食堂开饭时有男同学挑钵子里饭多的端，印校长都会来一句："年轻人，不要挑软饭吃，那钵里只是多了一点水而已。"

是金子总会发光。八十年代中期印校长因升学率高，治校有方，被市教委主任看中，在学校开的现场会结束后被直接调到了市教育局。四十好几的印校长从科员干起，副科长然后科长，直至升任督学，各项工作都干得风生水起，可圈可点，但学生和同事对他的称呼还是"校长"。可能是他当校长时名气太大，可能是这一称呼最能体现他的价值和对他的尊重，也可能是他自己要求这样的，反正印善为对校长的称呼很在意，很满足，答应时也是拖腔带调，余味深长。他自己偶尔还幽它一默："蒋介石当总裁了，黄埔学生还不是称他校长！"

印校长育有三个女儿，都已成家立业。但生性幽默豪爽的他总觉得欠缺点什么，可能是觉得没后人继承他的衣钵，退休那年他又结对帮扶一个贫困山区的中学生，为此还闹出不少家庭矛盾。

印校长退休后喜欢和老同学、老同事、老朋友聚一聚，喝喝小酒，打打小牌，二女儿和三女儿知道豪爽的父亲入不敷出，经常会想法给他点钱花，但每次都被他拒绝。后来俩姊妹又提出给他办一张银行卡，姊妹三个每月往卡里打一千元。印善为还是不干，并发话："你们的父亲一辈子就好劫富济贫、匡扶正义，退休了钱是有点紧张，尤其每月得支持一个大学生的生活费，但你们也不宽裕，不用你们操心，解决这一矛盾我自有办法。"

那天印善为亮出父亲的威严，郑重其事地把大女儿叫到一个茶楼喝茶，半晌才盯着她说："大丫头，你现在资本的原始积累应该完成了吧，这个过程爸爸对你还是蛮有帮助的吧，现在你是不是考虑帮帮爸爸安享晚年？"

"爸爸，你不是常教导我们要树立远大目标吗？现在公司发展是不错，但我想把它做得更强更大。资金于我是资本，周转一次能带来利润，于你就是消费，享受。再说你不是有退休工资吗？"

"你还给你老子上起课来了！我不听你那一套，资本家追求利润是没有止境的。有孝心每月初打给我两千元，权当是对养育的回报，否则别怪你老爸不客气！"

"爸，你找我要钱妈知道吗？我知道这钱肯定是打给你帮扶的大学生，有人说他是我们姐儿仨的弟弟，人言可畏，你得注意点分寸……"

"你信吗？好了，好了，我耳朵不好，听够了，你请回吧。"

第二天中午，印善为独自在家喝了二两闷酒，下午来到大丫头的公司，对着半掩半开的玻璃大门就是一砖头。看门边还有辆豪车，又捡起砸玻璃门的砖头准备砸车。室内跑出一个年轻的妹子高喊："砸不得，这是印总才买的新车。"

"印总的车，那就砸对了！"印校长又扬起了砖头。闻声从楼上跑下来的大丫头——印总忙说："爸你身份证带着吗？出纳小红带你去银行办张卡吧，每月初打两千。"

"这还差不多，但钱不打我卡上，打在这上面的这个账户上，每月两千，仅四年而已。"印校长从上衣口袋掏出一张纸条递给了年轻的女出纳。"好，依你的。小红听清吗？每月初给这纸条上的账户打两千元。"

印总目送父亲远离了公司大门，才用力跺了跺脚。

附

录

2021 "田工杯" 清廉微小说
全国征文大奖赛征文启事

　　我们党历来高度重视党风政洁建设和反腐败斗争。今年是中国共产党成立100周年，是全面建设社会主义现代化国家、实施"十四五"规划的开局之年。为深入贯彻落实党的十九届五中全会和十九届中央纪委第五次全体会议以及习近平总书记关于全面从严治党的系列重要讲话精神，充分利用中国高品位的品牌文化类文摘报《作家文摘》，影响辐射美国、德国、日本、新加坡等三十多个国家和地区、享誉中外的武陵文化品牌"武陵微小说"和连续承办过六届武陵国际微小说节并取得空前成功、设在武陵区的中国微小说创作基地等具有浓厚文化氛围的多种文化平台，进一步推进勤廉文化建设，增强勤廉教育的有效性，丰富勤廉教育的多样性，营造风清气正、健康和谐的社会发展环境，经研究决定，组织举办2021"田工杯"清廉微小说全国征文大奖赛活动。现将有关事项明确如下：

一、活动主题

参赛作品以反腐倡廉建设为主题，通过引人入胜的故事，歌颂党的十九大以来党风政洁建设和反腐败斗争取得的新成就，颂扬勤勉敬业、求真务实、精益求精、勇于担当、清正廉洁、一心为民的勤廉典型，抨击腐败丑恶现象；反映家庭中的和谐共处、亲情友爱，赞颂健康有序的家庭关系和扶正祛邪的家庭氛围；撷取日常生活中的小片段、小场景，描绘生活中最直观、最真实的勤廉行为，反思贪腐的消极影响，彰显以勤廉为荣、以贪腐为耻的社会氛围；以发生在身边的热点或典型腐败案例说理，引人深思，促人警醒；选取中国悠久历史文化中关于正与邪、义与利、廉与贪的素材，以古论今，以古鉴今，弘扬淡泊名利、修身养性、勤廉爱民、造福一方的古代官德思想；等等。

二、征文时间

2021年4月1日至9月30日征文，10月初评、11月终评并公布评奖结果。

三、联办单位

中国微型小说学会、《作家文摘》报社、中国微型小说（小小说）创作基地、中共常德市武陵区纪委监委、武陵区委宣传部，武陵区文联、武陵作家协会、常德市美韵文化传媒投资有限公司。

四、征文要求

（1）来稿须弘扬勤勉敬业、求真务实、精益求精、勇于担当之精神，须以弘扬清风正气、倡导廉洁文化为主题，以正面宣传为主，反面警示为辅，体裁为微小说。参赛作品必须为原创且参赛前未公开发表过，篇幅不超过1500字，也可以是更精短的闪小说。

（2）应征作品严禁抄袭，文责自负。

（3）投稿请用小4号宋体字，一律采用电子版，不接受纸质作品。投稿专用信箱：27259731@qq.com 或 sy520330@126.com，投稿时请写明作者姓名、通信地址、邮政编码、手机号码和电子邮箱等联系方式。

五、注意事项

1.大赛组委会对参赛作品拥有网上公布、宣传、出版及改编权。凡报送作品参加本次大赛的作者，即视为已确认并自愿遵守本次活动有关版权和创作要求的各项规定。

2.大赛结束后，将公开精装出版《2021"田工杯"清廉微小说全国征文大奖赛获奖作品集》。每位获奖者获赠《2021"田工杯"清廉微小说全国征文大奖赛获奖作品集》1本。

3.在2022年适当的时候召开2021"田工杯"清廉微小说全国征文大奖赛颁奖大会，邀请特、一、二等奖获奖者参加颁奖盛典，向获奖者颁发奖金和证书。同时，组织举办"田工杯"清廉微小说高峰论坛。

六、评奖方式

在《作家文摘》、相关网站、微信公众号等媒体上发布征稿启事，向国内外微小说作家、作者征稿。聘请中国微小说界权威评论家、著名作家与资深专家学者7名组成大赛评委会，通过初评和终评，评选出获奖作品55篇，其中：特等奖1篇（奖金10000元），一等奖2篇（奖金6000元／篇），二等奖4篇（奖金3000元／篇），三等奖8篇（奖金2000元／篇），优秀奖40篇（奖金500元／篇）。

中国微型小说学会

《作家文摘》报社

中国微型小说（小小说）创作基地

常德市武陵区纪委监委

常德市武陵区委宣传部

常德市武陵区文学艺术界联合会

武陵作家协会

常德市美韵文化传媒投资有限公司

2021年3月5日

2021 "田工杯"清廉微小说
全国征文大奖赛获奖名单

特等奖

一轮明月 / 崔立

一等奖

沈自远 / 伍中正
舒　坦 / 马河静

二等奖

呛人的烟气 / 许心龙
逮麻雀 / 侯发山
老　假 / 赵明宇

拔　牙 / 李占梅

三等奖

老爸的卧底 / 王炬

心算王 / （加拿大）孙博

香　草 / 欧阳华丽

头　盔 / 余清平

香樟林 / 揭方晓

领导的鞋 / 刘万里

雾里青 / 陈亨成

钩　子 / 蓝月

优秀奖

承　诺 / 王苏华

不速之客 / 王培静

麻雀的命运 / 唐波清

亮　相 / 谢志强

一条血鹦鹉 / 刘艳华

刘柳的爱情 / 伍月凤

头茬梨 / 李圣安

万民伞 / 张爱国

不敢回家的男人 / 郦继福

2021 "田工杯" 清廉微小说
全国征文大奖赛终评委名单

邱华栋：中国作家协会书记处书记

李晓东：中国作家协会社联部主任

夏一鸣：中国微型小说学会会长

顾建平：《小说选刊》副主编

龚旭东：湖南省作协副主席、《湖南日报》主任编辑、湖南省委宣传部文艺创作咨询专家，曾任茅盾文学奖评委

张　越：《微型小说选刊》主编

秦　俑：《小小说选刊》主编